# TRIPTOFANITO

© 1978, Julio Frenk

Diseño de portada e interiores: Bredna Lago
Ilustraciones de portada interiores: Axel Rangel

Derechos reservados

© 2021, Editorial Planeta Mexicana, S.A. de C.V.
Bajo el sello editorial JOAQUÍN MORTIZ M.R.
Avenida Presidente Masarik núm. 111,
Piso 2, Polanco V Sección, Miguel Hidalgo,
C.P. 11560, Ciudad de México
www.planetadelibros.com.mx

Primera edición en formato epub: febrero de 2022
ISBN: 978-607-07-8366-1

Primera edición en esta presentación en México: septiembre de 2021
Primera reimpresión en esta presentación en México: junio de 2022
ISBN: 978-607-07-7989-3

No se permite la reproducción total o parcial de este libro ni su incorporación a un sistema informático, ni su transmisión en cualquier forma o por cualquier medio, sea este electrónico, mecánico, por fotocopia, por grabación u otros métodos, sin el permiso previo y por escrito de los titulares del *copyright*.

La infracción de los derechos mencionados puede ser constitutiva de delito contra la propiedad intelectual (Arts. 229 y siguientes de la Ley Federal de Derechos de Autor y Arts. 424 y siguientes del Código Penal).

Si necesita fotocopiar o escanear algún fragmento de esta obra diríjase al CeMPro (Centro Mexicano de Protección y Fomento de los Derechos de Autor, http://www.cempro.org.mx).

Impreso en los talleres de Impresora Tauro, S.A. de C.V.
Av. Año de Juárez 343, Colonia Granjas San Antonio, Iztapalapa
C.P. 09070, Ciudad de México.
Impreso y hecho en México – *Printed and made in Mexico*

# TRIPTOFANITO

## Julio Frenk

Ilustraciones de
## Axel Rangel

Para Chepi

# PRÓLOGO

Nuestra historia comienza en una granja. Esta granja era muy hermosa. En ella había verduras, frutas, vacas, toros y muchas, pero muchas, gallinas. Además, en la granja vivía un granjero. Él comía las verduras, las frutas, la leche, la carne y los huevos que se producían en su granja. Gracias a esto el granjero vivía como un rey.

Ya hemos dicho que en la granja había muchísimas gallinas. Como ustedes comprenderán, había también una gran cantidad de huevos. Uno de estos huevos era la casa de una bella familia: la familia Proteína.

La familia Proteína era muy feliz. Estaba formada por muchos miembros. Todos ellos vivían muy unidos y por eso constituían una familia. Ustedes saben que los miembros de una familia común y corriente se llaman papá, mamá, hermanos, abuelos, primos y tíos. Pues bien, los miembros de la familia Proteína tenían un nombre especial: todos ellos se llamaban aminoácidos. Por otra parte, cada miembro de una familia común y corriente tiene su propio nombre. En una familia puede haber muchos hermanos. Todos ellos son hermanos, pero uno se llama Luis, otro Pepe y otro más María. Lo mismo ocurría en la familia Proteína.

Todos los miembros eran aminoácidos, pero cada uno tenía su propio nombre: uno se llamaba Glutamito, otro Aspartito; había también una muchacha muy bella llamada Lisina. Y así vivían en el huevo muchos otros aminoácidos, algunos más fuertes, otros más débiles, pero todos

ellos muy unidos para formar la familia Proteína. El jefe de la familia se llamaba Triptofanito.

Los aminoácidos vivían felices 'dentro de su casa. Sin embargo, ellos deseaban salir del huevo para conocer nuevos mundos. El más ansioso de todos era Triptofanito.

Triptofanito había soñado siempre con realizar emocionantes viajes. Él estaba lleno de un gran espíritu de aventura y de una inmensa curiosidad por comprender todo lo que ocurría a su alrededor.

Triptofanito había oído hablar, alguna vez, de un reino fantástico. Este reino estaba formado por maravillosos condados donde ocurrían las cosas más fabulosas de la vida. El reino se llamaba el Cuerpo Humano y su rey era el granjero.

Desde aquel entonces, Triptofanito había tomado una decisión: hacer un viaje al Cuerpo Humano. Para ello, había platicado con los demás aminoácidos sobre sus planes. Como la familia Proteína era muy unida y entusiasta, todos habían aceptado la idea de explorar el Cuerpo Humano.

Triptofanito no hacía otra cosa más que pensar en lo emocionante que sería visitar aquel reino. Se imaginaba sus condados, sus habitantes, sus aventuras. Pero el tiempo pasaba y la familia Proteína no podía salir de su casa. Triptofanito se desesperaba. Él sabía que afuera del huevo le esperaba un mundo de seres, de lugares y de experiencias sorprendentes. Sabía que afuera le esperaba la vida. Por este motivo, Triptofanito estaba resuelto a realizar su viaje a toda costa.

Un buen día, por fin, Triptofanito sintió que su casa se movía. Después el cascarón se rompió. La familia Proteína empezó a caer en una inmensa caverna. Como Triptofanito era muy listo, en seguida se dio cuenta que estaban entrando ni más ni menos que en la boca del granjero. ¡Imagínense la emoción que sintió!

¡Al fin iba Triptofanito a iniciar su anhelado viaje al Cuerpo Humano!

# CAPÍTULO I
## El viaje principia

La familia Proteína vio como la puerta de la caverna se cerraba a sus espaldas. Los aminoácidos habían entrado al reino del Cuerpo Humano. De repente, una enorme ola de saliva se elevó. La saliva empezó a arrastrar a la familia hacia un túnel largo y estrecho que bajaba penetrando al Cuerpo Humano. En la entrada del túnel había un letrero que decía: ESÓFAGO. Mientras caían, los aminoácidos daban gracias de que estuvieran envueltos por la saliva, pues de lo contrario se habrían golpeado y atorado en las paredes de aquel oscuro tubo.

Finalmente, los aminoácidos dejaron de caer.

Cuando Triptofanito pudo abrir los ojos, se dio cuenta de que se encontraban en una amplia bolsa de gruesas paredes. Al no poder identificar el lugar llamó a los demás aminoácidos de la familia Proteína y les dijo:

—Amigos míos, miren en qué sitio tan extraño hemos venido a caer. Yo creo que debemos explorarlo.

—¡Sí! —afirmó Lisina—. Sólo así sabremos dónde estamos.

—¡Entonces síganme! —indicó Triptofanito.

Los aminoácidos comenzaron a caminar juntos. La marcha resultaba un poco difícil. El camino estaba formado por muchas colinas que se hallaban cubiertas por una sustancia espesa y resbalosa, parecida al lodo. Pero nuestros amigos eran muy fuertes y seguían adelante.

Poco después, los aminoácidos de la familia Proteína vieron a lo lejos una muchedumbre que se acercaba hacia ellos. Ansiosos por saber de quiénes se trataba, echaron a correr a su encuentro.

—¿Quiénes son ustedes? —preguntó Triptofanito cuando llegaron.

—Somos el Ejército de las Enzimas Digestivas —respondió uno de ellos, un tipo de facha solemne y grandes bigotes—. Yo soy el General Pepsina.

—¿Viven ustedes aquí?

—Sí, nosotros somos los pobladores más importantes de este sitio.

—¿Y cómo se llama este lugar?

—El Estómago. Éste es uno de los condados más ricos del Cuerpo Humano.

—Pero, dígame General Pepsina, ¿cuál es la función del Estómago? —terció la hermosa Lisina.

El General Pepsina volvió la cara para mirar a su nuevo interlocutor. Al observar la belleza de Lisina, dio vuelta a sus largos bigotes, y en tono triunfal afirmó:

—El Estómago es la cocina del Cuerpo Humano.

—¡Cómo! —exclamaron sorprendidos los aminoácidos.

—Sí —repuso el General—, al Estómago llegan todos los alimentos que come el granjero. Pero estos alimentos, tal como están, no pueden ser aprovechados por el Cuerpo Humano. Los alimentos deben ser preparados. Esto es lo que hace el Estómago. El Estómago cocina los alimentos para que el Cuerpo Humano pueda utilizarlos. A esta preparación de los alimentos por el Estómago se le llama digestión. La digestión es la función más importante del Estómago.

Con infinita curiosidad, Triptofanito se apresuró a preguntar:

—¿Cómo se realiza la digestión?

—Aquí es donde entramos en acción las Enzimas Digestivas. Los alimentos que come el granjero son demasiado grandes para que el Cuerpo Humano pueda aprovecharlos. Nosotros, las Enzimas Digestivas, nos encargamos de partir los alimentos en pequeños pedazos. Esto es similar a lo que ocurre cuando la gente come. Ustedes, seguramente han visto comer a una persona. Entonces se habrán dado cuenta de que no se puede comer, por ejemplo, un filete entero. Primero hay que cortarlo con un cuchillo. Pues bien, nosotros somos como un cuchillo. Pero nuestro filo es mucho más agudo que el de un cuchillo común y corriente. Nosotros recibimos los pedazos de comida y los volvemos a partir hasta formar pedacitos diminutos. Sólo así los alimentos pueden ser útiles al Cuerpo Humano.

"Pero en el Estómago no sólo se producen Enzimas Digestivas. Aquí se fabrican también otras dos sustancias. Una de ellas es el ácido clorhídrico. El ácido clorhídrico es el gran amigo de las Enzimas Digestivas, pues nos ayuda a cumplir nuestra función. La otra sustancia es lo que se llama el moco del Estómago. El moco es ese elemento resbaloso que parece lodo. Quizás a ustedes no les haya sido simpático, pues les dificultó su marcha por el Estómago. Sin embargo, esta sustancia es de suma importancia para nuestro condado. El moco cubre a todo el Estómago y en esta forma lo protege.

"Estas tres sustancias —las Enzimas Digestivas, el ácido clorhídrico y el moco— forman el jugo gástrico. Este jugo es el encargado de realizar la función del Estómago, es decir, la digestión. Gracias a la digestión, los alimentos pueden llegar en la forma adecuada a todas las *células.*"

Al escuchar esta última palabra, Glutamito preguntó tímidamente al General Pepsina:

—Perdone la interrupción: no entendí lo que dijo al final. ¿Qué es eso de "células"?

El General retorció su bigote con inspiración:

—Las células son los súbditos que viven en el reino del Cuerpo Humano. Nuestro reino está formado por muchos condados, que también se llaman órganos. Los órganos, a su vez, se dividen en diversos barrios. Estos barrios se llaman tejidos. Pues bien, los pobladores de cada tejido son las células. Cada célula tiene su vida propia. Cada célula nace, come, respira, trabaja, crece, se reproduce y muere. Pero estas células pueden vivir mejor si no están solas. Entonces, muchas células casi idénticas se unen para formar un barrio, es decir, un tejido. Pero resulta que los tejidos aislados tampoco bastan. Por ello, varios tejidos distintos se unen para constituir un órgano, de la misma manera como muchos barrios se juntan formando una ciudad. A su vez, los órganos se hallan reunidos para integrar el Cuerpo Humano. Todos los órganos se ayudan entre sí para que nuestro reino funcione perfectamente bien. Como ustedes ven, el Cuerpo Humano es un reino muy unido.

—Esto significa, entonces —afirmó Triptofanito—, que cada célula es un individuo que tiene su vida propia. Sin embargo, como las células aisladas son muy frágiles, ellas prefieren reunirse y ayudarse mutuamente. Así se forman los tejidos. Pero los tejidos aislados también son débiles, y se unen constituyendo órganos. Finalmente, todos los órganos deciden darse ayuda y forman el Cuerpo Humano. ¡Con razón se dice que la unión hace la fuerza! Una célula sola es bastante débil, pero todo un reino unido como el Cuerpo Humano resulta muy poderoso.

—Exactamente —dijo el General Pepsina sintiéndose extremadamente complacido de que hubieran entendido su explicación.

—Muy bien —asintió Lisina—, ya hemos visto que este reino es muy unido. Pero, dígame, ¿qué es lo que hacen las células?

El General Pepsina volvió a retorcer sus largos bigotes, feliz de que la bella Lisina le hubiera hecho otra pregunta.

—En el Cuerpo Humano —dijo con un tono un poco coqueto— las células no sólo *viven* unidas, sino que también *trabajan* en armonía. Para que el Cuerpo Humano exista es necesario que sus pobladores, es decir las células, trabajen. Y no sólo que trabajen, sino que trabajen armónicamente. Ésta es otra razón por la cual las células se han reunido en el Cuerpo Humano: Una célula aislada tiene que realizar ella sola muchas funciones para poder vivir. En cambio, cuando se unen, las células pueden dividirse el trabajo. Ahora cada célula realiza ella sola muy pocas funciones. Esto no significa que trabaja menos, sino que trabaja mejor. Como las funciones que tiene a su cargo son pocas, cada célula puede realizarlas con gran eficiencia. En otras palabras, cada célula se especializa en unas cuantas funciones. Entonces, las células, al igual que los hombres, tienen distintos trabajos. Algunas hacen que el Cuerpo Humano se mueva, otras le permiten que piense, unas le dan de comer para que pueda trabajar, otras más se encargan de eliminar la basura que naturalmente se produce con tanto trabajo, algunas más fabrican sustancias útiles a todo el Cuerpo Humano, otras defienden a nuestro reino de las invasiones.

"Sin embargo, para que la especialización realmente sirva se necesita que todas las células se ayuden entre sí. Esto es lo mismo que ocurre en la sociedad. Un médico, por ejemplo, se dedica a curar. Para curar el médico necesita un consultorio. Sin embargo, él no sabe construir. Entonces el médico requiere de un ingeniero que le haga el consultorio. A su vez, este ingeniero requiere, para poder construir el consultorio, que el médico lo cure cuando se enferma. En esta forma, el médico y el ingeniero se ayudan, y la sociedad funciona. De la misma manera, las células de todos los órganos cooperan entre sí para que el Cuerpo Humano funcione adecuadamente.

"Les voy a poner un ejemplo:

"Las Enzimas Digestivas somos producidas por las células del Estómago. La colina sobre la que estamos ahora parados está formada por estas células. Ellas trabajan sin descanso para producirnos a nosotros y también al ácido clorhídrico y al moco. Es decir, las células del Estómago están especializadas en producir el jugo gástrico. Como les dije antes, el jugo gástrico se usa para realizar la digestión: y mediante la digestión los alimentos se procesan para que las células puedan comérselos. A final de cuentas, el trabajo de las células del Estómago consiste en preparar el alimento para todas las células del Cuerpo

Humano. A su vez, las demás células realizan diversas funciones que ayudan a vivir a las células del Estómago y a las de todo el resto del Cuerpo Humano.

"El Cuerpo Humano no es una gran cantidad de células que están unas junto a las otras. El Cuerpo Humano es algo más. El Cuerpo Humano es *una unidad* formada por células individuales que trabajan en conjunto. En el Cuerpo Humano hay organización: la organización de las células que se unifican en los tejidos y de los tejidos que se coordinan en los órganos. Para que esto sea realidad, se requiere que todas las células trabajen mucho. En nuestro reino no hay holgazanes. Todas las células del Cuerpo Humano viven unidas y trabajan en armonía, ayudándose unas a otras, a fin de que nuestro rey, el granjero, pueda vivir feliz."

El General Pepsina hizo una pausa. Se le veía orgulloso y satisfecho. Retorció de nuevo su bigote y propuso:

—Después de que les he hablado tanto, ustedes deben estar ansiosos por ver algo. Pues bien, ahora los llevaré al sitio del Estómago donde se hace la digestión para que ustedes mismos la observen. Además, les presentaré a los distintos alimentos. ¿Están de acuerdo?

—¡Por supuesto! —exclamaron al unísono los aminoácidos.

La compañía echó a andar. El General Pepsina se puso al frente de su ejército y la familia Proteína, guiada como siempre por Triptofanito, le siguió. Mientras caminaban, Triptofanito iba pensando en la gran sabiduría del General Pepsina. "Me parece —se dijo a sí mismo— que este viaje va a resultar mucho más emocionante de lo que me había imaginado."

# CAPÍTULO II

## Los alimentos platican

Al cabo de un rato, nuestros amigos llegaron a un lugar donde había una gran actividad. Aquello parecía una inmensa fábrica, con millones de obreros que se movían sin cesar. Por todos lados se veían activas enzimas que trabajaban partiendo a los alimentos. Era hermoso observar como todo mundo trabajaba en un perfecto orden.

El General Pepsina se detuvo y habló a la familia Proteína.

—Hemos llegado al sitio del Estómago donde se realiza la digestión —dijo con orgullo—. Ahora permítanme que les presente a los alimentos.

El General Pepsina guio a la familia Proteína hacia un lugar donde había una gran cantidad de seres que estaban divididos en tres grupos. Se acercaron al primer grupo y. el General dijo:

—Familia Proteína, les presento a los Carbohidratos, mejor conocidos como Azúcares.

Fueron después hacia el segundo grupo y el General Pepsina procedió a hacer la presentación:

—Ésta es la familia de los Lípidos o Grasas.

Caminaron un poco y llegaron al tercer grupo. Este grupo estaba formado por gente muy fuerte. El General Pepsina dijo:

—Ahora les tengo una pequeña sorpresa. Les voy a presentar al tercer grupo de alimentos. Estas son las Proteínas.

Los aminoácidos de la familia se dieron cuenta de que los miembros de este grupo eran muy parecidos a ellos. Inmediatamente reconocieron de quiénes se trataba: eran ni más ni menos que sus primos. ¡Con gran alegría corrieron a abrazarlos! Ya antes, cuando todavía vivían en el huevo, alguien les había platicado de que en otros lugares vivían otras familias de Proteínas. Pero nunca habían tenido la oportunidad de conocer a sus parientes. Ahora, por fin, se encontraban frente a ellos.

Todos los alimentos estaban muy contentos de haberse conocido. Como ya era de noche y empezaba a hacer frío, decidieron encender una hoguera con un poco de ácido clorhídrico. Una vez que la fogata estuvo prendida, los alimentos se sentaron alrededor de ella. En el ambiente flotaba un aire de amistad. En un lado estaban los Carbohidratos, en otro los Lípidos y en otro más las Proteínas. Cada uno de ellos empezó a platicar sobre su historia.

Los primeros en hablar fueron los Carbohidratos o Azúcares. El más importante miembro del grupo era una hermosa muchacha de cara muy dulce, que se presentó como Glucosa.

—Nosotros —dijo ella— vivimos en una gran cantidad de plantas y animales. En algunos lugares existen apenas unos cuantos de nosotros, pero en otros habitamos muchísimos. Los sitios donde más se nos encuentra son la miel, el pan y, por supuesto, el azúcar. Como ustedes ven, no somos muy fuertes. Sin embargo, tenemos una función muy importante:

las células nos comen para producir energía. Esta energía es usada por las mismas células para realizar su trabajo. Por esta razón, el Cuerpo Humano nos necesita.

—Nosotros —dijo a continuación uno de los Lípidos, que era una persona un poco redonda y gorda— también tenemos que ver con la energía. Aparte de muchas otras funciones, algunos Lípidos nos dedicamos a almacenar energía. Esto nos hace ser importantes, pues el Cuerpo Humano puede hacer uso de nosotros cuando le faltan los alimentos.

—¿Y en qué lugares viven ustedes? —preguntó con interés Triptofanito.

—Los mejores Lípidos viven en los aceites vegetales, como el de cártamo, maíz y girasol. También vivimos en el tocino, la manteca de cerdo, la mantequilla y en muchos otros lugares.

Había llegado el turno de las Proteínas. La hoguera irradiaba un color muy agradable y todas las Proteínas se habían aproximado unas a otras, sintiéndose muy cercanas, como una gran familia.

El primero en hablar fue Triptofanito:

—Yo soy un aminoácido que vivía antes en un huevo, unido a otros aminoácidos como Glutamito, Aspartito y Lisina —exclamó sonriente—. Hoy en la mañana el granjero se comió ese huevo y fue así como llegué a este hermoso lugar.

—Pues yo vivía antes en un vaso de leche —dijo otro aminoácido que estaba sentado junto a Triptofanito—. Y como la leche es muy sana, ya ven ustedes, yo soy una persona muy fuerte.

—Por mi parte, yo habitaba en un gran pedazo de carne de res —dijo un tercer aminoácido.

Otro más, que estaba por ahí, exclamó con alegría:

—Con razón veía que tú y yo nos parecemos; yo vivía antes en un pescado.

—¡Claro! —añadió el General Pepsina—. Las Proteínas se encuentran en todas las carnes, en muchas verduras, en el huevo y en la leche.

—En cambio —explicó Triptofanito—, yo nunca he visto a nadie que se parezca a mí en el maíz.

—Yo quiero saber una cosa —dijo por ahí un Carbohidrato—. ¿Por qué motivo son tan fuertes las Proteínas?

El General Pepsina se frotó las manos frente al acogedor fuego y respondió:

—La razón es muy sencilla, querido amigo: las Proteínas son los alimentos más importantes que hay en la Naturaleza. No sólo producen energía, sino que además ellas forman la estructura del Cuerpo Humano. Las Proteínas son los ladrillos de todas las células. Las células necesitan Proteínas para tener forma. Pero además, les voy a decir una cosa que quizás les sorprenda: yo mismo soy una Proteína.

—¡Cómo! —exclamaron al unísono los alimentos.

—Sí, sí, no se maravillen. Todas las Enzimas somos Proteínas. Y no vayan ustedes a creer que sólo hay Enzimas en el Estómago —replicó el General mientras retorcía su gran bigote—. En todas las células del organismo existen Enzimas. Y las Enzimas son las encargadas de realizar absolutamente todas las funciones de la célula. La célula necesita de las Enzimas, que son un tipo de Proteínas, para respirar, crecer, reproducirse, producir energía y trabajar. ¡Imagínense lo importante que son las Proteínas! ¡El Cuerpo Humano no puede vivir sin ellas! ¡La vida no es posible sin las Proteínas!

Triptofanito y sus amigos se sentían orgullosos al oír las acaloradas palabras del General Pepsina.

—Como ustedes saben —continuó el General—, las Proteínas están formadas por unidades más pequeñas que se llaman aminoácidos. Existen unos veinte aminoácidos en la Naturaleza que se combinan de diversa manera para integrar todas las Proteínas. Pues bien, lo que recibe cada célula son los aminoácidos, ya que las Proteínas enteras son demasiado grandes como para pasar a la sangre. Una vez que los aminoácidos se han

distribuido por todo el cuerpo, las células los toman y con ellos forman nuevas Proteínas. Estas Proteínas pueden servir para producir energía, para formar estructuras o bien para actuar como Enzimas.

En ese momento, el General Pepsina miró su reloj.

—¡Qué barbaridad! —exclamó—. Ya se ha hecho tarde.

Y dirigiéndose a las Proteínas que estaban ahí les dijo:

—Ustedes ya llevan cuatro horas en el Estómago. Supongo que estarán ansiosos por seguir adelante. Ahora yo les voy a hacer el favor de separarlas en aminoácidos para que estén en condiciones de pasar a la sangre.

Y fue abrazando una por una a las Proteínas» empezando por la Proteína del huevo donde estaba Triptofanito, y siguiendo por la de la leche, la carne, el pescado y las verduras. Cuando el General Pepsina terminó, los aminoácidos ya no estaban tan unidos como antes, sino que ahora cada uno era independiente. Muchos de los aminoácidos eran idénticos entre sí. En total, había veinte tipos de aminoácidos.

Al ver esto, Triptofanito dijo en voz alta:

—Amigos, la razón por la que los aminoácidos del huevo llegamos aquí fue para realizar un viaje al Cuerpo Humano. Yo los invito a todos ustedes a que hagamos este viaje juntos.

Muchos aminoácidos de la leche, la carne, el pescado y las verduras se sintieron orgullosos de que Triptofanito los invitara y exclamaron:

—Sí, aceptamos. Iremos todos contigo y con Lisina, Glutamito, Aspartito y los demás aminoácidos. Tú serás el jefe de la expedición.

De esta manera, se formó el grupo de veinte aminoácidos que, comandados por Triptofanito iría a explorar el Cuerpo Humano. Después, Triptofanito se volvió hacia el General Pepsina y le dijo:

—General, usted que es tan sabio, ¿no podría acompañarnos?

—Me encantaría, amigo mío —dijo el General—, pero tengo que quedarme en el Estómago. Mi trabajo es muy importante y no lo puedo abandonar. Y no se preocupen: al conocer el Cuerpo Humano ustedes también se harán sabios. Ahora vengan conmigo —prosiguió— para que les enseñe el camino.

Cuando llegaron a la salida del Estómago, el General le dijo a Triptofanito:

—En este lugar termina el Estómago y empieza un nuevo condado: el Intestino Delgado. Ahí es donde ustedes deben ir. En el Intestino Delgado las sustancias se seleccionan: las que no sirven pasan al Intestino Grueso y son eliminadas por el Ano; las que sí sirven son absorbidas por el Intestino Delgado y llevadas a la sangre. Como los aminoácidos son las sustancias más útiles del mundo, ustedes serán absorbidos por el Intestino Delgado hacia la sangre. Así seguirán con el hermoso viaje que han iniciado. Ahora tenemos que decir adiós —concluyó.

El General Pepsina y Triptofanito se despidieron con un fuerte abrazo.

El General regresó hacia el Estómago mientras todos los aminoácidos agitaban sus manos en señal de admiración hacia ese grandioso personaje.

Con Triptofanito al frente, los aminoácidos cruzaron la frontera hacia el condado del Intestino Delgado.

Triptofanito iba muy emocionado. ¡Al fin pasarían a la sangre! Pero aún no sabía lo que les esperaba en el Intestino Delgado.

# CAPÍTULO III
## Peligro en el intestino

El paisaje del Intestino Delgado era impresionante. Por todas partes se veían inmensas elevaciones, mucho más altas que las del Estómago. Estas elevaciones ya no eran simples colinas, sino verdaderas montañas que estaban bordeadas por profundos precipicios. Al igual que en el Estómago, estas montañas estaban cubiertas por moco.

Después de muchos esfuerzos, los aminoácidos llegaron al pie de las montañas. Ahí había un letrero que decía: "Esta es la cordillera de las Vellosidades Intestinales."

Parado junto al letrero se encontraba un individuo fortachón que portaba un traje de montañés. Triptofanito se le acercó y le dijo:

—Buenas tardes, señor. Nosotros somos un grupo de aminoácidos que quieren hacer un viaje al Cuerpo Humano. ¿Nos podría usted decir cómo llegar a la sangre?

—Si ustedes desean ir a la sangre están en el lugar ideal —respondió el montañés—. Se lo digo porque el Intestino Delgado es el encargado de absorber los alimentos hacia la sangre. En el Intestino Delgado también se terminan de digerir los alimentos que han llegado al Estómago. Pero su función más importante es la absorción. Esta función la realizan unas células muy trabajadoras, llamadas, precisamente, células de absorción.

—¿Es usted una célula de absorción? —preguntó Triptofanito.

—No, yo soy una célula caliciforme y mi función es producir moco para proteger al Intestino. Pero las células de absorción son muy buenas amigas mías. Si ustedes quieren llegar a la sangre, tienen que escalar esta montaña. Pero tengan mucho cuidado, pues arriba vive un parásito muy peligroso.

—¿Un parásito, dice usted? —inquirió Lisina con ojos de espanto.

—Sí. Es un monstruo horrible, inmenso. Se llama Ascaris. Llegó aquí un día en que el granjero comió sin antes lavarse las manos. Desde aquel desdichado día, nuestro condado vive asolado por ese pillo que se dedica a devorar a los alimentos que llegan al Intestino. Por esta razón, el Cuerpo Humano se ha ido debilitando. Tengan mucho cuidado, pues seguramente querrá devorarlos. Quizás no deberían ir ustedes ahí. ¡Corren mucho riesgo! Mejor quédense aquí y no arriesguen su vida.

—¡No! —respondió el valiente Triptofanito—. Nosotros hemos decidido realizar un viaje al Cuerpo Humano y estamos dispuestos a hacerlo a pesar de todos los peligros que existan.

—Si ésa es su decisión, vayan —respondió la célula—. ¡Pero cuídense mucho, por favor!

—Gracias por su advertencia. Ahora escalaremos la montaña —dijo Triptofanito con mucha seguridad—. ¡Hasta luego!

—¡Adiós, amigos! —contestó la célula con preocupación.

El ascenso resultaba muy difícil y peligroso. El camino era resbaloso y a los lados se abrían inmensos abismos. Los aminoácidos marchaban con mucho cuidado para evitar accidentes.

De repente, se oyó un grito de terror. La hermosa Lisina había resbalado y estaba, a punto de caer al abismo. Triptofanito dio un salto. Con gran agilidad, logró detener a Lisina cuando ella estaba en el borde del precipicio.

—Gracias, Triptofanito. Me has salvado la vida —dijo ella, todavía temblando del susto. Y para manifestarle su agradecimiento le dio un beso.

Triptofanito se sonrojó emocionado.

—Bueno, sigamos adelante —exclamó con gran orgullo.

Los aminoácidos reanudaron la marcha. Triptofanito iba al frente.

Finalmente llegaron a la cima de la montaña. Como estaban agotados, los aminoácidos decidieron sentarse a descansar. Pero detrás de ellos, en el interior de una caverna, brillaban unos ojillos malvados. Era el monstruo Ascaris, que desde su escondrijo había visto llegar a los aminoácidos.

—¡Mmm! —pensó mientras se relamía los labios—. ¡Qué ricos aminoácidos! Ahora que están descansando los muy tontos, me les acercaré y los devoraré. ¡Qué banquete me voy a dar! Ja, ja, ja!

Salió de su escondite con mucha cautela, sin hacer el menor ruido. Era un ser repulsivo. Tenía un cuerpo alargado y monstruoso, sobre el cual se arrastraba como lombriz. Pero lo que más llamaba la atención era su inmenso hocico, un hocico repugnante cubierto por afilados ganchos.

El villano Ascaris avanzó lenta y sigilosamente hacia los aminoácidos. Ellos estaban platicando y no se habían dado cuenta del peligro que los acechaba.

De repente, Ascaris abrió sus inmensas fauces y se lanzó contra los aminoácidos. En ese momento, Triptofanito volteó la cabeza y pudo mirar al horrible monstruo.

—¡Cuidado, aminoácidos! —gritó alarmado.

Los aminoácidos se levantaron súbitamente y empezaron a retroceder.

—¡Están perdidos! —rugió Ascaris con una voz que retumbó en todo el Intestino.

—¡Eso es lo que tú crees! —le respondió con valor Triptofanito—. ¡Al ataque, aminoácidos! ¡No dejemos que este malvado—nos destruya!

Al ver el valor de Triptofanito, todos los aminoácidos se sintieron fuertes. Con gran bravura arremetieron contra el parásito. La hermosa Lisina también empezó a luchar. Pero en un descuido, el monstruo la tomó en sus garras. Cuando Ascaris iba a devorarla, Triptofanito se impulsó y asestó un golpe mortal sobre el hocico del parásito. Al mismo tiempo, los demás aminoácidos lo golpeaban en todo el cuerpo. El malvado no pudo resistir el valiente ataque y se desplomó muerto. Triptofanito corrió hacia Lisina. A consecuencia del peligro, la bella aminoácido se había desmayado. Triptofanito la tomó en sus brazos. Poco a poco, Lisina fue despertando. Al ver a Triptofanito, lo besó, y le dijo:

—Otra vez me has salvado la vida.

—No fue nada, hermosa Lisina.

Este momento amoroso se vio interrumpido por los gritos de júbilo de una multitud que exclamaba:

—¡Vivan los aminoácidos! ¡Arriba las Proteínas! ¡Bravo por Triptofanito y Lisina!

Nuestros amigos volvieron la vista y observaron a miles de células de absorción. Las células se acercaron y dijeron:

—Queridos aminoácidos: hemos visto su gran hazaña. Son ustedes unos héroes. Nadie había podido acabar con el monstruo. Y ahora ustedes nos han liberado de su yugo. Como muestra de nuestro agradecimiento, queremos solicitarles que se queden con nosotros.

—Muchas gracias —respondió Triptofanito emocionado por aquella muestra de amistad—, pero tenemos que seguir adelante. Si no es mucha molestia para ustedes, yo les pediría que nos absorbieran a la sangre.

—Claro que no es molestia —exclamaron las células—. Lo haremos con mucho gusto.

Las células de absorción tomaron a los aminoácidos y los hicieron atravesar el intestino para llegar a la sangre. Finalmente, todos los aminoácidos estaban ahí. Se trataba de un vaso sanguíneo muy grande. A la entrada había un letrero que decía: VENA PORTA.

Los aminoácidos se echaron a nadar en la sangre. Iban felices, comentando la gran hazaña.

—Yo tomé al monstruo de la cola y lo jalé con todas mis fuerzas —decía Glutamito.

—Y yo le piqué los ojos —afirmaba orgulloso Aspartito.

Y así, todos los aminoácidos hablaban de su maravillosa proeza.

Había sido un gran día, lleno de emociones. Mientras nadaban, Triptofanito iba pensando: "¡Por fin hemos llegado a la sangre! ¡Quién sabe cuántas aventuras más nos esperan en nuestro viaje!"

# CAPÍTULO IV
## El malvado Magueyanes

Después de nadar un rato, Glutamito gritó:

—¡Tierra a la vista!

Los aminoácidos alzaron la vista y observaron, a lo lejos, algo que parecía ser un inmenso condado. Entonces echaron a nadar con todas sus fuerzas. A medida que se aproximaban al condado, éste se veía más y más grande. Finalmente llegaron a la entrada. Ahí había un enorme letrero que decía: "Bienvenido al condado más grande del Cuerpo Humano, el Hígado."

—Me parece que éste es un condado muy interesante —dijo Triptofanito a los aminoácidos—. Yo creo que debemos explorarlo. ¿Qué opinan?

—¡Sí, vamos! —respondieron sus compañeros.

Los aminoácidos vieron cómo la gruesa Vena Porta, que los había llevado del Intestino Delgado al Hígado, se iba dividiendo en ramas que penetraban al Hígado. Empezaron a nadar por estas pequeñas venas que cada vez se hacían más estrechas. A los lados se veían miles de células acomodadas en hileras, una detrás de otra.

Las células estaban trabajando, pero parecían muy agotadas y tristes.

Al notar esta situación, los aminoácidos se detuvieron frente a una célula y Triptofanito le preguntó:

—Amigo, veo que ustedes están muy afligidos. ¿Qué es lo que les pasa?

—¡Oh, es algo terrible! —respondió la triste célula—. El Hígado era antes uno de los condados más alegres del Cuerpo Humano. Los habitantes del Hígado, que nos llamamos hepatocitos, trabajábamos en armonía. Como ustedes ven, los hepatocitos estamos muy unidos. ¿Y saben por qué? Sencillamente porque en el Hígado se realizan cientos de funciones importantísimas para el Cuerpo Humano.

—¿Cómo es eso? —inquirió la hermosa Lisina—. Explícanos, por favor.

—Pues verán: el Hígado es el laboratorio del Cuerpo Humano. Todos los alimentos que han sido absorbidos por el Intestino Delgado llegan antes que nada al Hígado. Esto tiene una gran importancia, pues muchas veces las sustancias absorbidas por el Intestino no están en una forma o en una cantidad útil al organismo. Pero cuando llegan al Hígado, los hepatocitos transformamos estas sustancias según las necesidades del Cuerpo Humano. Si una persona ya ha comido suficiente, nosotros almacenamos el exceso de alimentos, hasta que el Cuerpo vuelva a necesitarlos. En esta forma, los hepatocitos tomamos de la sangre los azúcares, las grasas, los aminoácidos y otras sustancias, y los devolvemos a la circulación cuando son necesarios. Además, nosotros transformamos unas sustancias en otras, de acuerdo con lo que necesite el Cuerpo Humano. Por ejemplo, si se necesita mucha azúcar y no hay suficiente, transformamos los aminoácidos en azúcares. También transformamos las grasas en diversas sustancias útiles al organismo. Y además, podemos tomar los aminoácidos y volverlos a armar en proteínas indispensables para el buen funcionamiento de todo el reino del Cuerpo Humano. Es decir, el Cuerpo Humano simplemente nos informa de lo que necesita y nosotros se lo mandamos por la sangre. Y si ya tiene una cantidad suficiente de alguna sustancia, pues nosotros se la guardamos hasta que la necesite de nuevo. Pero no sólo eso. En el Hígado también se transforman algunas sustancias *tóxicas* o dañinas para el organismo. Después de transformadas, estas sustancias resultan inofensivas. Como ustedes ven, el Hígado tiene una importancia fundamental en el metabolismo, que es el conjunto de transformaciones que sufren las sustancias en el interior del Cuerpo. Y por si acaso esto fuera poco, el Hígado también produce una secreción muy especial, la bilis, que es enviada al Intestino para ayudar a la digestión y absorción de las grasas. Cuando hay suficiente bilis, ésta se almacena en una bolsita que está debajo del Hígado y que se llama Vesícula Biliar, que es un suburbio de nuestro condado.

—Bueno —dijo Glutamito—, pero si los hepatocitos son tan importantes, ¿por qué están tristes?

—¡Ah, porque una gran desgracia ha venido a caer sobre nosotros! —suspiró lleno de aflicción el hepatocito—. Les decía que nosotros vivíamos muy felices trabajando en armonía. Pero un día, el dueño de este reino, el granjero, empezó a beber pulque. ¡Aún recuerdo con espanto ese día! Como ya les había dicho, todas las sustancias que el hombre come o bebe llegan al Hígado. Pues bien, en ese día nefasto los hepatocitos estábamos trabajando felices como siempre. De pronto, sin que nadie supiera cómo, un ejército de alcoholes nos empezó a invadir. Eran cientos, miles de, ellos. Y al frente venía el ser más cruel, terrible, despiadado, implacable y malvado que se ha dado en la Naturaleza: el Coronel Magueyanes. Nosotros tratamos de defendernos, pero nos tomaron por sorpresa. Estábamos desprevenidos. ¡Oh, miles de mis compañeros murieron en ese terrible día!

El pobre hepatocito no resistió y rompió a llorar.

—No te preocupes, amigo —lo consoló Triptofanito—. Nosotros les ayudaremos a librarse de esa plaga.

—¡Oh, no! Ellos los destruirían —replicó el hepatocito entre lágrimas de bilis—. Esto es terrible. Desde aquella ocasión, el ejército de los alcoholes nos ha venido atacando todas las noches. Durante el día se esconden quien sabe dónde y en la noche nos atacan. Estamos desolados. Apenas empezamos a trabajar, los alcoholes nos agreden y matan a miles de nosotros. Si esto sigue así, en poco tiempo habrán acabado con el Hígado, con el condado más grande del Cuerpo Humano. Entonces el Hígado no será más que un pueblo fantasma.

—¡Nosotros acabaremos con esos pillos! —exclamó Triptofanito.

—¡Pero ustedes son muy pocos! —afirmó desconsolado el hepatocito—. Además, los alcoholes son muy sanguinarios. ¡Y no quiero ni pensar en el cruel Magueyanes! Ya se acerca la noche. ¡Mejor huyan, aminoácidos, huyan, antes de que sea demasiado tarde!

—¡De ninguna manera! —expresó Triptofanito—. Los aminoácidos somos pocos, pero somos fuertes y valientes. Nos esconderemos entre los cordones de hepatocitos y aguardaremos a que lleguen los alcoholes. ¡Entonces les daremos su merecido! ¿De acuerdo, compañeros?

—¡Sí! —exclamaron los aminoácidos— ¡Abajo los alcoholes! ¡Ya verán lo que les espera! ¡Los haremos trizas!

—Y por lo que respecta a ese Magueyanes, yo me encargaré de Él —añadió Triptofanito.

Los aminoácidos tomaron su lugar. La espera comenzó. Los minutos transcurrían lentos, silenciosos.

Triptofanito se levantó súbitamente.

—El aire huele a pulque —dijo en voz baja a los demás aminoácidos—. Esto quiere decir que el enemigo se acerca. ¡Estén preparados!

Los aminoácidos se pusieron en tensión. Cada uno de nuestros amigos había tomado su posición, esperando con impaciencia la agresión de las terribles huestes de Magueyanes. Angustiados los hepatocitos temían que las fuerzas de los aminoácidos no pudieran contra los malvados alcoholes y sudaban enormes cantidades de bilis. No se escuchaba sonido alguno, pero detrás del silencio se sentía la presencia del peligro.

De pronto, un grito bárbaro sacudió al Hígado. El ejército de los alcoholes había iniciado el ataque. De todos lados aparecían miles de fieros alcoholes dispuestos a hacer de las suyas.

Los aminoácidos salieron de su escondite. La batalla final había empezado. Cada aminoácido peleaba contra diez, veinte, treinta alcoholes. Era demasiado. Los alcoholes ganaban terreno. Glutamito había sido herido y yacía en el suelo. Aspartito se hallaba cercado por decenas de enemigos. Todo parecía indicar que se acercaba el fin de los aminoácidos. La situación era insoportable. Cuando ya los aminoácidos estaban perdidos, Triptofanito volvió la vista y observó, entre los miles de alcoholes, a un ser especialmente repulsivo. En seguida lo reconoció.

—¡Tú debes ser el malvado Magueyanes! —gritó—. ¡Ahora te daré tu merecido!

Y con una bravura sin igual, Triptofanito arremetió contra el villano. Pero Magueyanes era un tipo fuerte y mañoso. En un abrir y cerrar de ojos, colocó un recio puñetazo en la cara del valiente aminoácido. Triptofanito cayó al suelo. Magueyanes se abalanzó sobre él. En el último momento, cuando Magueyanes estaba a punto de destruirlo, Triptofanito sacó fuerzas del fondo de su ser y se puso de pie. Sin perder un instante, empezó a golpear al sorprendido Magueyanes. El malvado empezaba a flaquear. Pero un alcohol que estaba atrás de Triptofanito se acercó sigiloso a nuestro héroe, dispuesto a atacarlo a traición. En ese momento, Lisina se dio cuenta del peligro que acechaba a Triptofanito. Sin pérdida de tiempo, tomó una piedra y la lanzó con fuerza contra el marrullero alcohol, quien se desplomó descalabrado.

—¡Gracias, Lisina! —gritó Triptofanito mientras asestaba el golpe mortal a Magueyanes.

Al ver que su jefe había sido muerto, los alcoholes se sintieron perdidos. El ejército trató de huir en desbandada, pero los aminoácidos lo cercaron y dieron fin a todos los alcoholes.

Lisina corrió hacia donde yacía herido Glutamito. Afortunadamente, su estado no era grave, y con unos cuantos vendajes se recuperó.

Había sido una gran batalla.

Aquella noche, los hepatocitos ofrecieron un banquete en honor a los heroicos aminoácidos. Por todos lados se escuchaban alegres canciones que recordaban la hazaña. Todo el mundo estaba feliz. Había azúcar en abundancia para todos; aquí y allá se oía el tintinear de las copas llenas de exquisita bilis. En un lugar de la reunión, Triptofanito y Lisina platicaban con el hepatocito que les había hablado antes.

—Por un momento creí que los alcoholes los derrotarían, pero en verdad ustedes demostraron ser muy fuertes —decía el hepatocito emocionado.

—Yo sólo espero que al granjero no se le vuelva a ocurrir tomar alcohol, porque entonces vendrá un nuevo ejército y un nuevo Magueyanes, y de nada habrá servido nuestra acción —comentaba Lisina.

—No te preocupes, hermosa Lisina —añadía riendo Triptofanito—. Después de todo lo que ha pasado, estoy seguro que el granjero ha aprendido la lección: el alcohol destruye a este maravilloso reino que es el Cuerpo Humano. No creo que quiera volver a tomar.

Cuando la fiesta hubo terminado, todo mundo se acostó a dormir. En el aire flotaba una bella sensación de seguridad, la seguridad de que los hepatocitos podrían volver a vivir y trabajar tranquilos, sin la amenaza del alcohol.

A la mañana siguiente, Triptofanito reunió a los aminoácidos y exclamó:

—Ha llegado la hora de despedirnos y seguir adelante.

En ese momento, uno de los aminoácidos, llamado Histidino, un tipo noble y bondadoso, se levantó y dijo:

—Compañeros, a mí me ha encantado el Hígado. He decidido quedarme aquí para ayudar a los hepatocitos.

—Es maravilloso que hayas tomado esta decisión, pues todo el Cuerpo Humano necesita de los aminoácidos —le respondió Triptofanito.

Los aminoácidos aplaudieron y se despidieron uno por uno de su noble compañero. Al poco rato, llegó un hepatocito.

—Amigo mío —le dijo Triptofanito—, quisiera que nos dieras alguna orientación para seguir nuestro viaje.

—Si toman esa pequeña vena que ven ahí —contestó él— desembocarán a un gran vaso sanguíneo, la Vena Cava Inferior. Sigan por ahí y llegarán al Corazón.

—¿Al Corazón? —inquirió Lisina—. ¡Qué emocionante!

Los aminoácidos echaron a nadar mientras los hepatocitos les decían adiós en medio de grandes ovaciones. Entre los hepatocitos se podía ver al aminoácido Histidino, feliz de estar con las células.

Al poco rato, los aminoácidos llegaron a la Vena Cava Inferior y empezaron a nadar tranquilamente. De pronto, una inmensa ola de sangre se elevó. Los aminoácidos fueron lanzados fuera de la Vena Cava hacia otro vaso. Después, la sangre comenzó a arrastrarlos por cientos de pequeños vasos sanguíneos.

Cuando la corriente cesó, los aminoácidos estaban muy lejos de la Vena Cava Inferior. Triptofanito miró hacia todos lados, pero no pudo reconocer nada. Los aminoácidos no sabían dónde se encontraban. Estaban perdidos.

## CAPÍTULO V

### Nuevos amigos

Los aminoácidos se dieron cuenta de que era inútil tratar de regresar a la Vena Cava Inferior. Decidieron seguir nadando por el vaso donde se encontraban y dejar que el destino los condujera a algún lugar.

No tuvieron que esperar mucho. Al cabo de un rato, llegaron a un sitio muy hermoso y tranquilo, que tenía una agradable coloración rosa claro. Los aminoácidos empezaron a internarse por el condado. Después de caminar un tiempo, nuestros héroes arribaron a un lugar donde había una gran actividad. Los aminoácidos vieron que se trataba de miles de células que trabajaban sin cesar. Al igual que en el Hígado, estas células se encontraban muy unidas, pero ya no constituían hileras, sino que más bien estaban acomodadas en grupos pequeños, de apenas unas cinco o diez células, con forma de rebanadas de pastel. Había infinidad de estos grupos de células, unos junto a los otros, llenando casi todo el lugar. Los aminoácidos sentían una gran curiosidad por saber dónde estaban, de modo que se aproximaron a uno de los grupos de células.

Cuando llegaron, Triptofanito dijo:

—Disculpen que los interrumpamos. Nosotros somos un grupo de aminoácidos que estamos viajando por el Cuerpo Humano. Íbamos rumbo al corazón cuando de pronto nos perdimos y llegamos a este lugar. La verdad es que aquí todo es muy hermoso, y estamos ansiosos de que ustedes nos hablen de este órgano.

—Éste es el condado del Páncreas —respondió una de las células del grupo, mientras las demás trabajaban—. Las células del Páncreas nos hemos agrupado en pequeños equipos de trabajo para realizar nuestra función con mayor eficacia Estos equipos de células se llaman Acinos.

La célula hizo una pausa y con visible agitación añadió apenada:

—¡Oh! Ustedes perdonen. He cometido una falta de cortesía: mencioné la palabra célula y quizás ustedes no saben lo que es una célula. ¿Quieren que se lo explique?

—No te preocupes, amigo —lo tranquilizó la hermosa Lisina—, nosotros ya sabemos lo que es una célula. Nos lo explicó una enzima digestiva muy amable, el General Pepsina.

—¿El General Pepsina, dices? —inquirió con alegría la célula—. ¡Yo conozco al General Pepsina! Es un gran amigo de todos los Acinos del Páncreas, porque nosotros también producimos enzimas digestivas. Pero hay una pequeña diferencia: el General Pepsina y su ejército de Enzimas Digestivas son producidos en el Estómago, donde se encargan de iniciar la digestión. En cambio, las enzimas digestivas que nosotros producimos son enviadas al Intestino Delgado para que ahí completen la digestión. El motivo de esta diferencia es muy sencillo: como el Estómago se dedica casi exclusivamente a digerir los alimentos siempre le queda tiempo para producir sus propias enzimas. En cambio, el Intestino Delgado no sólo tiene que terminar de digerir los alimentos, sino que ade-

más debe absorberlos a la sangre cuando la digestión ha terminado. Si además de digerir y absorber, las células del Intestino tuvieran que secretar enzimas, el trabajo sería demasiado y las células no resistirían. Pero aquí es donde intervenimos los Acinos, produciendo las enzimas que el Intestino Delgado necesita para la digestión y mandándoselas por un pequeño conducto que va del Páncreas al Intestino. Ésta es la principal función de los Acinos del Páncreas.

—¡Ya se ve que ustedes son unas células importantísimas para el Cuerpo Humano! —exclamó Triptofanito—. Si ustedes no produjeran las enzimas para el Intestino, los alimentos no se terminarían de digerir y por lo tanto no se absorberían. Entonces el Cuerpo Humano moriría.

Cuando Triptofanito terminó de hablar, Glutamito preguntó:

—¿Es ésta la única función del Páncreas?

—¡Oh, no! —respondió la célula—. En el Páncreas viven dos clases de células completamente distintas que realizan dos funciones totalmente diferentes. En primer lugar, están los Acinos que, como ya les dije, producimos enzimas digestivas. Y además existen unas células que se han establecido entre los Acinos, formando islotes.

La célula del Acino se detuvo un instante, miro a su alrededor y añadió mientras señalaba con la mano:

—Ese grupo de células que ven ustedes ahí es un Islote. Si quieren conocer su maravilloso funcionamiento, vayan hacia allá.

—¡Así lo haremos! —exclamó Triptofanito—. ¡Gracias y hasta luego!

Los aminoácidos se dirigieron hacia el sitio señalado. Al llegar, los recibió una célula con cara de bondad, con ese tipo de cara que sólo las abuelitas tienen. Cuando la célula los saludó, los aminoácidos notaron en su voz un curioso acento alemán:

—Buenas tarrrdes. Bienvenidos a los Islotes de Langerhans.

# CAPÍTULO VI
## El té mágico

Después de que los aminoácidos explicaron el motivo de su presencia en los Islotes de Langerhans, la célula les dijo con gran amabilidad:

—Pasen, pasen ustedes y siéntense. Ahora espérenme un momento: voy a traerles una bebida para que platiquemos a gusto.

Al cabo de un rato, la célula regresó trayendo unas tazas llenas de un líquido que olía exquisito.

Los aminoácidos bebieron e inmediatamente se sintieron fortalecidos, como si hubieran tomado un elixir mágico.

—¡Mmm! ¡Qué estupendo! —exclamó Triptofanito, mientras se relamía los labios—. ¿Qué bebida es ésta?

—Es un té de insulina —respondió la célula, sonriendo con su cara alegre y un poco roja.

—¿Insulina? Nunca había oído hablar de esa sustancia —añadió Lisina al tiempo que daba un sorbo a su taza.

—La insulina es la sustancia que se produce aquí, en los Islotes de Langerhans. Constituye un ejemplo de lo que es una. hormona.

Glutamito, quien había acabado de beber su té, replicó con muchos ánimos:

—¡Oh, explíquenos eso, por favor!

La célula se frotó las manos, como si se sintiera muy

feliz de hablar de las hormonas. Y mirando bondadosamente a los aminoácidos les dijo:

—Para que ustedes entiendan lo que es una hormona, tengo que explicarles primero lo que es una glándula. Las glándulas son grupos de células que secretan alguna sustancia útil al Cuerpo Humano. El Cuerpo Humano requiere de muchas de estas sustancias *útiles* o secreciones, tales como las enzimas digestivas y la insulina. Si las células encargadas de fabricar las secreciones estuvieran solas, no se darían abasto para producir todo lo que el Cuerpo Humano necesita. Por esta razón, las células secretoras se han agrupado formando glándulas, con el fin de poder trabajar tal como el Cuerpo Humano lo requiere.

"Sin embargo, no todas las glándulas trabajan de la misma manera. Hay glándulas que poseen conductos especiales, por medio de los cuales mandan su secreción al órgano donde ésta se necesita. Estas glándulas se llaman exocrinas, porque secretan hacia afuera, hacia algún órgano en especial. Como ejemplo están los Acinos que ustedes acaban de conocer. Las células de los Acinos producen enzimas digestivas que pasan por medio de un conducto a un órgano, en este caso el Intestino Delgado. Como ustedes ven, los Acinos del Páncreas actúan como glándula exocrina. Pero además existe otro tipo de glándulas. Estas glándulas producen su secreción, pero no la mandan por un conducto hacia un órgano, sino que la depositan directamente en la sangre para que la secreción actúe sobre muchas otras células del organismo. Estas glándulas se llaman endocrinas, porque secretan hacia adentro, hacia la sangre.

"Ahora ya pueden ustedes comprender lo que es una hormona, pues las secreciones de las glándulas endocrinas se llaman, precisamente, hormonas. Es decir, una hormona es una sustancia útil al Cuerpo Humano que es producida por una glándula endocrina y enviada directamente a la sangre para que actúe sobre otras células. A veces estas células pueden estar muy alejadas de la glándula donde se fabricó la hormona. Ésta es la razón de que las hormonas sean depositadas en la sangre, pues así pueden viajar grandes distancias hasta llegar al órgano donde van a actuar. En cambio, las secreciones de las glándulas exocrinas actúan siempre sobre un órgano vecino o sobre el mismo órgano donde se produjeron. Por este motivo, no necesitan pasar a la sangre, sino que les basta con un sistema de conductos. Esta es una de las grandes diferencias entre las glándulas exocrinas y las endocrinas: las exocrinas actúan cerca; las endocrinas funcionan a distancia. Es más, hay hormonas, como la insulina, que actúan sobre *todas* las células del Cuerpo Humano."

La célula hizo una pausa que Triptofanito aprovechó para decir:

—Entonces los Islotes de Langerhans son glándulas endocrinas que producen la hormona insulina.

—Exactamente —prosiguió la célula—. Como ustedes ven, en el condado del Páncreas existe tanto una glándula exocrina, representada por el conjunto de los Acinos, como una glándula endocrina, formada por los Islotes de Langerhans. Por esta razón, se dice que el Páncreas es una glándula mixta, o sea que produce tanto secreciones exocrinas como hormonas. Pero la mayoría de las glándulas del Cuerpo Humano son sólo exocrinas o sólo endocrinas. En ese momento, la célula se levantó para servir a los aminoácidos otra taza de té de insulina.

Después de beber un sorbo, Aspartito se dirigió a la célula:

—Cada vez que tomo té de insulina, me siento fortalecido. Dígame usted, ¿cuál es la función de la insulina?

—Esa pregunta es muy interesante —empezó afirmando la célula—. Ustedes saben que todas las células del organismo necesitan consumir azúcar a fin de producir la energía necesaria para realizar su trabajo. Pues bien, la glucosa, que es el azúcar más importante, es llevada a las células por la sangre. Pero la glucosa no puede entrar por sí sola a las células, sino que requiere de la insulina para hacerlo. Hagan de cuenta que la insulina abre una puerta en las células para que la glucosa penetre a su interior.

—No entiendo muy bien —dijo Aspartito.

—Te lo voy a explicar de otra manera —repuso la célula con cariñosa comprensión—: Las células, al igual que las personas, necesitan comer. Y uno de los alimentos más importantes es la glucosa. Pues bien, la insulina es como una cuchara que hace que el alimento penetre desde el plato, es decir, desde la sangre, hasta el interior de las células. ¡Imagínense lo importante que es la insulina! Si no hubiera insulina, todas las células morirían por falta de alimento y el Cuerpo Humano dejaría de existir.

—¡Ahora sí entiendo! —exclamó gustoso Aspartito.

—¿Existe alguna otra función de los Islotes de Langerhans? —preguntó a su vez Triptofanito.

—Efectivamente —dijo la célula—, en los Islotes de Langerhans no sólo se produce insulina, sino que también se produce otra hormona, que se llama glucagón. El glucagón tiene una función muy importante: cuando la cantidad de glucosa en el Cuerpo Humano baja por algún motivo, el glucagón pasa por la sangre hacia el Hígado. Una vez ahí, el glucagón ordena a los hepatocitos que manden el azúcar que se almacena en el Hígado hacia la sangre, para que el nivel de glucosa se eleve nuevamente

hasta la cantidad que las células necesitan. Gracias al glucagón, la sangre tiene siempre las cantidades necesarias de glucosa para que las células vivan, y gracias a la insulina, las células pueden obtener la glucosa de la sangre. En verdad, los Islotes de Langerhans formamos una glándula endocrina indispensable para el buen funcionamiento del Cuerpo Humano, a través de nuestras dos hormonas. ¡En los Islotes hay vida!

La célula terminó de hablar. En su mirada brillaba un destello de orgullo y de ternura. Era la mirada de una abuelita. Los aminoácidos, a su vez, se sentían emocionados con todo lo que la célula íes había dicho.

—¡Qué cosas tan interesantes nos ha contado! —exclamó Triptofanito.

—En efecto, pero todo esto no ha sido sino una pequeña muestra de lo que es el maravilloso mundo de las hormonas —replicó la célula.

Y después concluyó:

—Queridos aminoácidos: ustedes están realizando un precioso viaje por el Cuerpo Humano. En sus travesías se encontrarán con varias glándulas endocrinas. Nunca dejen de pedirles que les expliquen el funcionamiento de sus hormonas. Y algún día en su viaje conocerán a una de las glándulas endocrinas más hermosas e importantes del Cuerpo Humano, la glándula Hipófisis. Cuando lleguen ahí, ella les explicará la forma fascinante como se controla la producción de hormonas según las necesidades de nuestro reino. Así irán ustedes aprendiendo a descifrar los misterios del increíble Cuerpo Humano.

La voz de la célula temblaba de emoción. Era como la voz de una abuelita que acaba de contar un cuento. Pero ahora ya no era simplemente un cuento. Ahora se trataba de las maravillas de la vida.

# CAPÍTULO VII
## Nuevas sorpresas

Los aminoácidos salieron del Páncreas sintiéndose felices de haberse encontrado con los Acinos y los Islotes de Langerhans. Iban fortalecidos por la insulina y por las hermosas pláticas que habían tenido con las células de ese estupendo condado que ahora abandonaban. Después de las batallas contra el parásito y los alcoholes, su estancia en el Páncreas había sido una especie de descanso amenizado por la amabilidad de las células y por los fascinantes descubrimientos que todos ellos habían realizado.

Ahora se dirigían hacia el Riñón, siguiendo un camino que la célula de los Islotes de Langerhans les había indicado. Mientras nadaban, Triptofanito iba recordando cada palabra de la conversación del día anterior.

—¡Verdaderamente la vida es un fenómeno grandioso! —se decía a sí mismo con mucha emoción.

El número de aminoácidos se había reducido un poco, pues dos de ellos habían decidido quedarse en el Páncreas, uno en los Acinos y otro en los Islotes de Langerhans, para ayudar a esas maravillosas e importantes células.

Mientras nadaban por el vaso sanguíneo que los llevaría al Riñón, los aminoácidos pasaron junto a un gran condado de color púrpura donde alcanzaron a ver un letrero que decía: "Éste es el condado del Bazo. Aquí se realizan dos funciones: filtrar la sangre y producir un tipo de glóbulos blancos." Sin embargo, la corriente era muy fuerte y los aminoácidos no pudieron detenerse.

Nuestros héroes siguieron nadando, hasta que finalmente llegaron a un condado de color amarillo. Enfrente se veía un condado idéntico. Los aminoácidos no sabían a ciencia cierta dónde estaban, pero sospechaban que se trataba del Riñón. Fue así como decidieron lanzarse a explorar el condado. Ellos se sentían un poco nerviosos, pues no estaban seguros de que ese condado fuera el Riñón. De pronto, una gota de una sustancia viscosa cayó sobre los aminoácidos y los empapó. Los aminoácidos estaban más desconcertados que nunca. Triptofanito exclamó enojado:

—¡Esto debe ser una broma de muy mal gusto!

No había terminado de hablar cuando otra gota de la misma sustancia volvió a caer sobre los aminoácidos. Todos estaban indignados.

En ese momento, los aminoácidos se dieron cuenta de que el condado era presa de una gran agitación. Por todas partes se veían células corriendo de un lado a otro. Dejando atrás a sus compañeros, Triptofanito alcanzó a una de las células y le preguntó qué pasaba.

—Perdóneme, pero no tengo tiempo para platicar. Estoy muy ocupada: ¡el granjero acaba de tener una fuerte emoción! —respondió con prisa la célula mientras seguía su camino.

Triptofanito no tuvo más remedio que dirigirse a otra de las apresuradas células.

—Por favor, explíqueme lo que está sucediendo en el Riñón —suplicó agitado.

—¿En el Riñón? —preguntó la célula con asombro—. ¡No, amigo! ¡Usted está confundido! Éste no es el Riñón. Ésta es la Cápsula Suprarrenal.

—¿La Cápsula Suprarrenal? ¡Pero nosotros íbamos al Riñón! —exclamó alterado Triptofanito.

—Lo que pasa es que la Cápsula está justamente encima del Riñón. Así como hay dos Riñones, existen también dos Cápsulas Suprarrenales, una sobre cada Riñón. Pero a pesar de estar colocadas encima de los Riñones, las Cápsulas tienen una función completamente distinta. Las Cápsulas Suprarrenales son ni más ni menos que una glándula endocrina.

—¡Oh! —expresó Triptofanito boquiabierto—. ¡Pero dígame por qué hay tanta agitación en este condado!

—¡Es que el rey del Cuerpo Humano acaba de tener una gran emoción!

—¡Eso ya me lo dijeron! —dijo Triptofanito, quien empezaba a enojarse por la situación—. Lo que yo quiero saber es por qué ustedes se alteran tanto cuando el granjero se emociona. Además, quiero que me diga qué es esta sustancia con la que nos mojaron.

—Bueno —respondió la célula un poco más tranquila—, le voy a explicar todo. La sustancia a que usted se refiere es una de las tantas hormonas que se producen en nuestro condado. Esta hormona se llama adrenalina. Cada vez que una persona sufre una emoción intensa, como miedo, enojo, excitación o alegría, las células de las Cápsulas Suprarrenales producimos adrenalina. La adrenalina tiene la importantísima función de hacer que el Cuerpo Humano pueda responder mejor ante la emoción.

—¿Cómo logra este efecto la adrenalina? —inquirió Triptofanito.

La célula contestó:

—Cuando una persona sufre una emoción, sus células necesitan recibir más alimento. Merced a esto, las células producen más energía. Al tener más energía, las células responden mejor ante la emoción. Por eso, la adrenalina actúa sobre diversos órganos. Entre muchas otras acciones, la adrenalina hace que el Corazón lata con mayor fuerza y rapidez a fin de que llegue más sangre a las células del Cuerpo Humano. Además, gracias a la adrenalina el Hígado manda glucosa a la sangre, con el objeto de que las células tengan más alimento y, por lo tanto, más energía.

—¿Me podría dar un ejemplo, por favor? —solicitó Triptofanito.

—Por supuesto —respondió la célula con cortesía—. Suponga usted que lo que le pasó al granjero hace un momento fue que se enfrentó a un gran peligro. Digamos, por ejemplo, que lo iba a cornear un toro. Entonces las células necesitaban más energía para que el granjero pudiera reaccionar rápidamente, para que pudiera correr, brincar, esquivar al toro. Aquí fue donde entramos en acción las células de las Cápsulas Suprarrenales. Teníamos que producir adrenalina para que el granjero fuera capaz de reaccionar ante el peligro. Por eso nos vio tan agitadas. ¡Se trataba de salvarle la vida al Cuerpo Humano!

Ahora que le habían explicado el porqué de tanta alteración en el condado y el porqué de su baño de adrenalina, Triptofanito estaba más tranquilo.

—¿Qué pasa cuando el peligro ha cesado? —preguntó.

La célula se quedó pensativa. Poco después respondió:

—Cuando la emoción pasa, las células de las Cápsulas Suprarrenales dejamos de producir adrenalina. Esto significa, como usted comprenderá, que la adrenalina tiene una acción rápida porque solamente se produce cuando ocurre una emoción rápida. Para no dejar al Cuerpo Humano desprotegido, las Cápsulas Suprarrenales producimos otras hormonas que permiten a nuestro reino enfrentarse a peligros más prolongados, como los que sufre el hombre actual. Además, este condado fabrica muchas otras hormonas. Sin embargo, la más importante es la adrenalina. Pues bien, amigo, ahora ya sabe el porqué de tanta agitación. Yo debo retirarme para continuar con mi importante función.

Al despedirse, Triptofanito dijo a la célula:

—Le agradezco mucho que me haya dado la oportunidad de conocer otra glándula endocrina. ¡Además me tranquilizó enormemente el comprender que el baño de adrenalina no había sido una broma de mal gusto! ¡Adiós y gracias!

Triptofanito se reunió con los otros aminoácidos. Mientras les platicaba de su encuentro con la célula, otra gota de adrenalina los empapó. La Cápsula Suprarrenal volvió a entrar en actividad.

—¡Oh, oh! ¡Me parece que es hora de ir al Riñón! —exclamó Triptofanito entre las risas de sus compañeros.

# CAPÍTULO VIII
## Limpieza y respeto

Los aminoácidos llegaron sin problemas al Riñón. De inmediato comenzaron a explorar el nuevo condado. Lo más impresionante era la forma en que el Riñón brillaba por su minuciosa limpieza. Al cabo de un rato, nuestros héroes se toparon con un sitio donde se escuchaba un gran bullicio. Miles de seres trabajaban sin cesar. Estos seres eran muy distintos a todo lo que habían visto antes los aminoácidos. Su cuerpo tenía una forma extraña: parecía ser un tubo esbelto y contorneado. Ello no impedía que se notara extremadamente limpio. Los aminoácidos se acercaron a uno de los seres.

—¡Hola! —saludó Triptofanito—. ¿Cómo te llamas?

—Mi nombre es Nefrona. Yo soy uno de los habitantes del Riñón. En cada uno de los dos Riñones vivimos un millón de Nefronas.

—Tu cuerpo es muy extraño, Nefrona —continuó Triptofanito—. Dime, ¿acaso tú eres una célula?

—No, yo no soy una célula; yo estoy formada por células. Las células del Riñón se han agrupado para constituir Nefronas. Cada Nefrona es un individuo perfectamente definido, capaz de realizar las funciones del Riñón.

—¿Cuáles son las funciones del Riñón? —preguntó Lisina con ojos que brillaban de curiosidad.

La Nefrona irguió su esbelto cuerpo y respondió con orgullo:

—El Riñón es la lavandería del Cuerpo Humano y las Nefronas somos las lavanderas. Nosotras nos encargamos de mantener limpio al Cuerpo Humano. Pero nosotras somos un poco diferentes a las lavanderas comunes y corrientes. Nosotras no lavamos ropa. Nosotras lavamos la sangre. La sangre del organismo lleva tanto sustancias nutritivas como sustancias de desecho. Las sustancias nutritivas deben seguir en la sangre para llegar a las células. Las células usan estas sustancias para comer, generar energía y trabajar. Pero al trabajar las células producen sustancias de desecho. Las células no tienen forma de deshacerse de estos desperdicios. Entonces los mandan a la sangre. Después la sangre pasa por los Riñones. En los Riñones, las Nefronas limpiamos a la sangre de los desperdicios. La manera como lo hacemos es muy sencilla: las Nefronas actuamos como unos filtros separando las sustancias útiles de los desperdicios. Las sustancias útiles, como los aminoácidos y la glucosa, son regresadas a la sangre. En cambio, los desechos son eliminados. Éste es otro punto en que las Nefronas nos diferenciamos de las demás lavanderas. Las lavanderas comunes y corrientes lavan la ropa y simplemente dejan que la suciedad se vaya por el caño. Pero nosotras metemos a las sustancias de desecho a nuestros tubos. Cuando los desechos están ahí, las Nefronas les añadimos agua y así se forma la orina. La orina es el desagüe del Cuerpo Humano. Por medio de la orina se elimina la mayoría de los desperdicios de nuestro reino. Hay algo en lo que las Nefronas sí nos parecemos a las lavanderas comunes. Al igual que ellas, las Nefronas tenemos mucho que ver con el agua. El agua es el compuesto más importante de la Naturaleza. Para que se den una idea de su importancia, les diré que más de la mitad del Cuerpo Humano está formada por agua. Dentro del Cuerpo Humano hay agua en la sangre, en las células y entre las células. El agua del Cuerpo Humano contiene muchas sustancias disueltas. Por eso es indispensable que siempre haya la misma cantidad de agua en el organismo. Pues bien, ésta es otra función del Riñón. Cuando una persona ha bebido demasiada agua, las Nefronas eliminamos el exceso por la orina. Y también a la inversa: si una persona ha perdido mucha agua, como por ejemplo, cuando un niño corre y suda en gran cantidad, entonces las Nefronas disminuimos la eliminación de agua por la orina, a fin de evitar que el Cuerpo Humano pierda todavía más agua.

"Ahora ya conocen las dos funciones del Riñón: por una parte el Riñón hace que siempre haya la misma cantidad de agua dentro del organismo; por la otra, el Riñón mantiene limpio al Cuerpo Humano."

—¡Qué fantástico! —exclamó Triptofanito—. Si no hubiera Riñones, el Cuerpo Humano se inundaría en sus propios desperdicios.

—Exactamente. Para evitar eso estamos las Nefronas y también está la orina. Los tubos de varias Nefronas se van juntando. Estos tubos, a su vez, se juntan con otros hasta que de cada Riñón sale un tubo grueso. Luego estos dos tubos van a parar a otro condado: La Vejiga Urinaria. En la Vejiga se almacena la orina. Cuando ya hay suficiente, la Vejiga se vacía. La orina sale de la Vejiga por otro tubo. Este último tubo lleva la orina hasta el exterior del Cuerpo Humano. En esta forma, el Cuerpo Humano se deshace de sus desperdicios.

—¡Es realmente ingeniosa la forma en que el Cuerpo Humano elimina las sustancias de desecho! —afirmó Glutamito.

Después Triptofanito dijo:

—Ahora nosotros tenemos que continuar nuestro viaje. Dinos, Nefrona, ¿a dónde nos recomiendas que vayamos?

La pulcra Nefrona contestó sin titubear:

—Si yo fuera ustedes, iría a los Órganos Sexuales. Estos Órganos están muy cerca de aquí. Además, ahí podrán ustedes descubrir cosas fantásticas. Por si esto fuera poco, las células que viven ahí son muy amables y respetuosas.

—¡Sí, vamos allá! —exclamó entusiasmada Lisina.

Entonces la Nefrona indicó:

—Para que ustedes lleguen a los Órganos Sexuales, tienen que pasar por los tubos de las Nefronas. Normalmente las Nefronas regresamos a los aminoácidos a la sangre, ya que son unos compuestos de mucha importancia para el Cuerpo Humano. Pero como ustedes están realizando un viaje, las Nefronas haremos una excepción y les permitiremos que pasen a los tubos. Después llegarán a los tubos gruesos y de ahí a la Vejiga. Sigan siempre por los tubos y se encontrarán con uno de los condados más maravillosos del Cuerpo Humano: los Órganos Sexuales.

—¡Muchas gracias por tu amabilidad! —expresó Triptofanito.

—Esperen un momento —dijo otro aminoácido—. Yo quiero pedirle a Nefrona que me permita quedarme en el Riñón.

—¡Naturalmente! —replicó ella—. ¡Todos los órganos del Cuerpo Humano necesitamos de los aminoácidos! ¡Bienvenido!

Los demás aminoácidos se despidieron de su buen compañero y de la Nefrona.

Al poco rato, los aminoácidos se encontraban en uno de los tubos. Se sentían emocionados ante la perspectiva de visitar un nuevo y maravilloso condado. Al mismo tiempo, los llenaba un gran sentimiento de tranquilidad.

Después de haber viajado tanto tiempo juntos, los aminoácidos se querían y se respetaban. Por ello, los aminoácidos se sentían inmensamente felices. Pero de pronto, algo terrible ocurrió. Sin que los aminoácidos lo notaran, una inmensa ola de orina se elevó y envolvió a nuestros amigos. La fuerte corriente empezó a revolcar sin piedad a los aminoácidos. Nuestros héroes

se ayudaban mutuamente para no ahogarse. Unos daban la mano a los otros. Pero a pesar de todos sus esfuerzos los aminoácidos eran arrastrados irremisiblemente.

Por fin la corriente cesó, Triptofanito se detuvo para comprobar que no faltara ningún aminoácido. En ese momento, sus ojos se abrieron con horror: Lisina había desaparecido.

# CAPÍTULO IX
## El reencuentro

Triptofanito se lanzó desesperadamente en busca de Lisina. Nuestro amigo nadaba más rápido que nunca. Los demás aminoácidos hacían esfuerzos supremos por seguirlo. A pesar de su velocidad, Triptofanito miraba en varias direcciones a la vez, tratando de encontrar a la hermosa Lisina. Pero todo era inútil.

Finalmente, los aminoácidos llegaron al condado de la Vejiga. Una vez ahí, Triptofanito preguntó a las células si habían visto pasar a Lisina.

Las células le respondieron:

—¿Un aminoácido? No, hace mucho tiempo que no vemos a un aminoácido. Sin embargo, poco antes de que ustedes llegaran, pasó por aquí una gran ola de orina. Esta ola iba tan rápido que apenas se detuvo un instante en la Vejiga. Quizás su amiga estuviera en esa ola. Pero, ya les digo, la ola iba demasiado rápido y no pudimos ver nada.

—De todas formas, gracias por su ayuda —repuso Triptofanito.

Los aminoácidos salieron de la Vejiga y se encaminaron por el siguiente tubo. Triptofanito seguía buscando tenazmente a Lisina. Fue así como, al cabo de un rato, arribaron a su destino: los Organos Sexuales Masculinos. Ahí los estaba esperando una amable célula.

Ante las insistentes preguntas de los aminoácidos, la célula empezó a explicar el maravilloso funcionamiento de su condado. Triptofanito escuchaba con atención. Pero al mismo tiempo, se sentía inquieto por no saber qué había sido de Lisina. Una pregunta retumbaba sin cesar en su mente: "¿Habré perdido para siempre a la hermosa Lisina?"

En ese momento, cuando la célula estaba a punto de concluir su explicación, Triptofanito escuchó una voz muy familiar. Al volver la vista, nuestro héroe se sintió invadido por una emoción indescriptible. Allá a lo lejos se encontraba Lisina gritando:

—Triptofanito, ¿dónde estás?

Triptofanito no perdió un instante. Con gran agilidad se echó a correr hacia Lisina, mientras los demás aminoácidos se quedaban conversando con la célula. Al ver a Triptofanito, Lisina también se dirigió corriendo hacia él. En la mitad del camino, Triptofanito y Lusina se encontraron.

Nuestros amigos se saludaron con un eterno y tierno, abrazo.

—¿Qué ha sido de ti, hermosa Lisina?

—Fui arrastrada por esa inmensa ola, que me dejó en otra parte de este mismo condado. En ese lugar me encontré con unas células muy gentiles y sobre todo muy respetuosas. Ellas me secaron, me dieron una bebida caliente y, en fin, me trataron como a una reina. Después de haberles contado lo que me había pasado, les pregunté dónde podría encontrarte. Ellas me dijeron que seguramente tú estarías aquí. Pero antes de venir a buscarte, las células me explicaron algo maravilloso: la función sexual de la mujer.

—Yo también te estuve buscando con desesperación. En un momento creí volverme loco si no te encontraba. ¡Pero finalmente te vi! ¡Qué feliz me siento de que nos hayamos encontrado, Lisina hermosa! Además, yo también platiqué con una célula. La célula me explicó la función sexual del hombre. ¡Verás que cosa tan fantástica! Pero, dime, ¿qué fue lo que platicaste con aquellas gentiles y respetuosas células?

En el ambiente flotaba una sensación profunda de ternura. Después de su terrible separación y de su feliz reencuentro, nuestros dos amigos se sentían inmensamente unidos por un sentimiento de cariño y de confianza.

—¡Lo que esas células me platicaron es algo que nunca olvidaré! —comenzó exclamando Lisina con gran emoción—. Las células me enseñaron cómo la Naturaleza ha querido que *todos* los seres vivos puedan originar otros seres semejantes a ellos. Las plantas, los animales e incluso las células han sido dotadas por la Naturaleza con una función maravillosa: la reproducción. Gracias a la reproducción, todos los seres vivos pueden tener hijos; gracias a la reproducción, las especies siguen viviendo. Y los humanos no son una excepción. Sólo mediante la reproducción es posible que sigan existiendo personas en la Tierra. Pero la Naturaleza ha dado a los seres humanos un privilegio único, que no tiene ninguna planta o animal. Ese privilegio es el de poder sentir amor. Por eso la reproducción de los humanos es distinta a la de los demás seres vivos. En los humanos la reproducción se hace con amor.

"Para que esto pueda ocurrir, los seres humanos han sido divididos en dos sexos: el femenino y el masculino. Pero esta división es un poco paradójica: es una separación que permite a los hombres y a las mujeres unirse en el amor.

"A fin de que los seres humanos puedan reproducirse, las mujeres y los hombres han sido dotados de órganos sexuales. Los órganos sexuales producen, a su vez, células sexuales. Mujeres y hombres son iguales en todo, excepto en sus órganos y células sexuales. En la mujer los órganos sexuales se llaman Ovarios y las células sexuales se llaman Óvulos. Además, las mujeres tienen un conducto que comunica a los órganos sexuales con el exterior. Ese conducto se llama Vagina."

—Por su parte —dijo Triptofanito con ternura—, los órganos sexuales de los hombres se llaman Testículos. Las células sexuales masculinas reciben el nombre de Espermatozoides. Y el conducto se llama Pene.

"Los Testículos son dos órganos redondos que están situados fuera del organismo y envueltos en una bolsa. Encima de los Testículos se encuentra el Pene. Cuando un niño nace, sus Testículos todavía no pueden producir Espermatozoides. El niño crece, aprende a jugar, comienza a ir a la escuela. El niño sigue creciendo hasta que su cuerpo empieza a transformarse. El niño se vuelve más alto y fornido. Su voz se hace grave. Su cuerpo se cubre con vello. Y sus Testículos empiezan a producir Espermatozoides. Todo esto se logra mediante la acción de varias hormonas. Porque habrás de saber, hermosa Lisina, que los órganos sexuales, además de producir células sexuales, son unas fantásticas glándulas endocrinas."

De nuevo el ambiente se sentía lleno de infinita ternura y cariño.

Lisina tomó otra vez la palabra:

—En las mujeres ocurre algo muy similar. Los Ovarios son dos órganos diminutos, en forma de pelotitas, que están situados en el interior del vientre de la mujer. Cuando una niña nace, dentro de sus Ovarios se encuentran ya todos sus Óvulos. Pero estos Óvulos están como dormidos. Al igual que el niño, la niña crece, aprende a jugar y va a la escuela. Pero un buen día ciertas hormonas despiertan a sus Óvulos. En ese momento uno de los Óvulos madura y sale del Ovario. Al mismo tiempo, el cuerpo de la niña cambia. La niña empieza a transformarse en mujer. Y, cada mes, de uno de sus Ovarios sale un Óvulo maduro.

Y lanzando un profundo suspiro, Lisina continuó:

—Hasta aquí hemos contado dos historias separadas: la de un niño y la de una niña. Pero resulta que un día el niño de tu historia, que ya es un hombre, conoce a la niña de mi historia, que ya se ha convertido en una mujer. Los dos se conocen, se enamoran y se casan. Y deciden crear con su amor a un nuevo ser. Para hacerlo, unen sus conductos. El Pene entra con amor a la Vagina. Y la Vagina acepta amorosamente al Pene. En ese momento se produce la máxima unión entre dos seres humanos.

Triptofanito dijo entonces:

—Cuando el Pene está dentro de la Vagina, los Espermatozoides salen de los Testículos y entran al cuerpo de la mujer. Después los Espermatozoides viajan hasta encontrar al Óvulo. Varios Espermatozoides rodean a un

Óvulo pero sólo uno puede entrar. En esta forma se une un Espermatozoide con un Óvulo. Así se completan las dos uniones más profundas de la vida: la de un hombre con una mujer y la de un Espermatozoide con un Ovulo. De estas dos uniones surge un nuevo ser. A la unión del Espermatozoide con el Óvulo se le llama fecundación. A la unión de un hombre con una mujer se le llama amor.

Y Lisina continuó:

—Con la unión del Espermatozoide y del Óvulo se forma una nueva célula. Esta célula es tan pequeña que no puede verse a simple vista. Sin embargo, esta célula es el principio de todos los seres humanos. Después la célula se multiplica y se. va a vivir a otro órgano de la mujer: el Útero. El Útero es la casa del nuevo ser durante nueve meses. En el Útero el nuevo ser crece y se desarrolla. Al cabo de esos nueve meses de paciente espera, nace un niño o una niña. Y la historia vuelve a comenzar.

Triptofanito estaba conmovido.

—¡Qué maravillosas son las células sexuales! —exclamó—. Estas células son iguales a las del resto del Cuerpo Humano. Pero en ellas se encuentran las características del padre y de la madre. Por eso un niño se parece a sus papas. ¡A pesar de ser tan diminutos, el Espermatozoide y el Ovulo contienen a toda la vida! Pero un Espermatozoide no puede por sí solo desarrollar la vida. Tampoco un Óvulo. Se necesita de la unión de un Óvulo y un Espermatozoide para que la vida se origine.

Lisina completó emocionada las palabras de Triptofanito:

—Y tampoco bastan las células sexuales. Para que un nuevo niño nazca se requiere también del amor de un hombre y una mujer.

—¡Sí, el amor es una de las cosas que hace a los seres humanos distintos de todos los demás seres vivos! —concluyó Triptofanito.

Lisina y él vibraban de ternura.

En ese momento los demás aminoácidos llegaron a donde estaban Triptofanito y Lisina.

—Hemos terminado de platicar con la célula y nos hemos despedido de ella —dijo Aspartito.

—¡Muy bien! —exclamó alegre Triptofanito.

Pero entonces, al mirar a sus amigos, Triptofanito se dio cuenta de que faltaban cinco aminoácidos.

—¿Dónde están esos compañeros? —preguntó preocupado.

Glutamito lo tranquilizó:

—No te apures: los cinco aminoácidos decidieron quedarse en los maravillosos Órganos Sexuales para ayudar a este condado con su trabajo.

—¡Qué aminoácidos tan nobles! En fin, es hora de continuar nuestro viaje —dijo Triptofanito con entusiasmo—. En su mente y en su corazón quedaba la plática llena de ternura y cariño que había tenido con Lisina.

# CAPÍTULO X
## El viaje continúa

Nuestros incansables amigos continuaron su viaje. Triptofanito y Lisina nadaban al frente. Todo era alegría y ánimo. Los aminoácidos jugaban y chapoteaban en la sangre. Tan divertidos estaban, que sin darse cuenta llegaron a un nuevo condado. El paisaje de este condado era muy impresionante. Por todas partes brillaba un color rojizo. El terreno estaba formado por innumerables hilos, largos y delgados. Estos hilos o fibras estaban apretados unos junto a los otros y daban al terreno una consistencia firme.

Los aminoácidos llegaron a la orilla y echaron a caminar. De súbito, todo el condado empezó a moverse agitadamente. Aquello parecía un terremoto. Las fibras se movían unas sobre las otras, acortándose primero y extendiéndose después. Los aminoácidos eran sacudidos como hojas al viento.

Por fin, el terremoto cesó. Nuestros amigos estaban desconcertados. Como si esto fuera poco, los aminoácidos se llevaron un nuevo susto, pues debajo de ellos escucharon una voz enojada que decía:

—¿Quién se atreve a pisarme? ¡Quítese de encima de mí, quienquiera que sea!

Los aminoácidos se hicieron a un lado y observaron que se trataba de una de las fibras. Triptofanito se acercó apenado a la fibra.

—Pe-perdone, usted —dijo tartamudeando—. No nos dimos cuenta de que lo estábamos pisando. El terremoto nos dejó tan atontados que no vimos lo que hacíamos.

Al mirar la cara de sorpresa de los aminoácidos, la fibra se compadeció de ellos y les dijo:

—No se preocupen, amigos. Ya pasó todo. Además, sepan ustedes que lo que acaba de ocurrir no fue un terremoto sino un movimiento. Lo que sucedió fue simplemente que al rey del Cuerpo Humano, al granjero, se le ocurrió moverse.

—¿Cómo que al granjero se le ocurrió moverse? —preguntó Lisina con curiosidad.

La fibra respondió:

—Ustedes se encuentran en el condado del Músculo. Las células musculares tenemos la función de...

La fibra se detuvo repentinamente y miró a su alrededor. De pronto, gritó a los aminoácidos:

—¡Agárrense fuerte, porque ahí viene otro movimiento!

Nuevamente, todo el Músculo se sacudió. Los aminoácidos se movían de un lado al otro. A pesar de su agitación, Triptofanito pudo ver claramente cómo las fibras musculares se hacían más cortas.

Cuando el movimiento terminó, la fibra continuó diciendo:

—Como les explicaba antes, las células del Músculo somos las encargadas de producir el movimiento. Cuando una persona quiere jugar, caminar o correr, subir o bajar, expresar que está enojada o indicar que se encuentra contenta, hablar o gritar, tiene que moverse. Y para moverse necesita de los Músculos. Toda la vida del hombre

se expresa a final de cuentas a través del movimiento. Por este motivo, los Músculos están repartidos en todo el cuerpo. Supongan ustedes que hace un momento el granjero quiso jugar fútbol. Entonces lo que hizo fue simplemente mandarnos la orden de que nos moviéramos. Esta orden la envió a través de los nervios. Las fibras musculares obedecimos la orden. Entonces el granjero pudo moverse y jugar fútbol.

—¿En qué forma producen ustedes el movimiento? —dijo en seguida Triptofanito.

—Las fibras musculares nos movemos haciéndonos más cortas. Este movimiento en el que una fibra muscular se acorta se llama *contracción* muscular. Después, cuando el movimiento cesa, las fibras nos alargamos hasta nuestro tamaño original. A esto se le llama *relajación* muscular. Para poder contraernos y relajarnos mejor, las células del músculo tenemos esta forma de hilos alargados. Por este motivo, nos llamamos *fibras* musculares. Todo el Músculo está formado de fibras musculares y de nervios que nos dan la orden de movernos.

—¡Qué bello es lo que nos dices! —exclamó Lisina.

—Así es —continuó la célula—. Y todavía hay más bellezas. Nosotros no somos más que uno de los tres tipos de Músculos que existen. Nosotros nos llamamos Músculo Estriado Voluntario. Lo de estriado es por la forma que tenemos y lo de voluntario es porque nos movemos nada más cuando el rey del Cuerpo Humano lo desea. Nosotros estamos unidos a otro condado, el de los Huesos. Cada vez que un Músculo Estriado Voluntario se contrae, hace que el Hueso al que está unido se desplace. Esto, a su vez, permite al Cuerpo Humano moverse. Hay otro tipo de Músculo que se parece mucho a nosotros en forma, pero que se mueve lo quiera o no el granjero. Este Músculo se llama Estriado Involuntario. Se encuentra solamente en el Corazón. El Corazón tiene que moverse siempre. Esto no depende de la voluntad. Por último, existe un tercer tipo de Músculo que se llama Músculo Liso. Este se encuentra en las visceras, como el Estómago y el Intestino. Este Músculo es involuntario porque el movimiento de esos órganos no depende de la voluntad del granjero. Su forma es un poco distinta a la nuestra. El Músculo del Corazón y nosotros tenemos forma estriada. En cambio, el tercer tipo de músculo tiene forma lisa. Pero, a pesar de las diferencias, todos los Músculos tenemos dos cosas en común: en primer lugar, todos nos movemos; en segundo, todos estamos formados por las células llamadas fibras musculares.

En ese momento el Músculo volvió a contraerse. Los aminoácidos salieron volando. Desde los aires dijeron adiós a la célula, que acortaba sin cesar su alargado cuerpo. Gracias a ese movimiento, el granjero estaba en ese momento jugando o corriendo o riendo o trabajando. Gracias al movimiento, el granjero vivía.

# CAPÍTULO XI

## En la frontera

Los aminoácidos cayeron en un nuevo condado. Antes de que pudieran siquiera levantarse, una célula fuertemente armada se les aproximó.

—¡No se muevan! —gritó—. ¡Quedan ustedes detenidos!

Sin salir todavía de su asombro, Triptofanito preguntó:

—¿Qué es lo que pasa? ¿Quién es usted? ¿Dónde estamos?

—Ésta es la frontera del Cuerpo Humano, yo soy un guardia fronterizo y ustedes están detenidos por haber llegado quién sabe de dónde. Con esto contesto a tus preguntas —dijo la célula con voz estricta.

Al escuchar estas palabras, Triptofanito comprendió. Recuperando la calma, le explicó a la célula la forma en que habían llegado ahí. La actitud de la célula cambió inmediatamente.

—Disculpen que les haya hablado en una manera tan ruda —exclamó con amabilidad—. Lo que sucede es que nosotros estamos aquí para vigilar que nadie cruce la frontera.

—¿Qué condado es éste? —preguntó Lisina.

—La Piel. Y yo soy una célula de la Piel —contestó con orgullo.

—¿Entonces la Piel es la frontera del Cuerpo Humano? —inquirió Glutamito.

—Así es. La Piel constituye la frontera entre el Cuerpo Humano y el mundo exterior. Gracias a ella, el Cuerpo Humano tiene sus límites definidos. Esta separación protege a nuestro reino de las agresiones del exterior. Pero no vayan ustedes a creer que la Piel solamente sirve para aislar. La Piel también es un importante órgano de comunicación. A través de la Piel es posible tocar y conocer a los objetos del mundo exterior. Mediante la piel se puede acariciar y demostrar afecto —concluyó suspirando.

—¿Qué otras funciones tiene la Piel? —preguntó Aspartito animado por el cambio de actitud de la célula.

—La Piel es también un importante medio para conservar la temperatura del Cuerpo Humano —reanudó el guardia—. Esto lo logra a través del sudor. Entre las células de este condado se encuentran unas que han formado las Glándulas Sudoríparas, que son suburbios de la Piel. Cuando hace mucho calor o se ha realizado un ejercicio intenso, estas glándulas producen sudor, el cual se evapora sobre la Piel. Esta evaporación provoca frío. En esta forma se evita que el Cuerpo Humano se caliente demasiado. Debido a sus múltiples e importantes funciones, nuestro condado se halla distribuido por toda la superficie del Cuerpo Humano.

En ese momento, Triptofanito volvió la vista y observó que la piel estaba formada por grandes columnas de células. Curioso como siempre, preguntó:

—¿A qué se debe que las células están acomodadas unas sobre las otras?

—La Piel es un órgano en continuo cambio —afirmó la célula—. Esto es lógico, pues la función de las células de la Piel es muy dura. Estas células deben estar en contacto con el exterior, expuestas al sol, a la lluvia, a los golpes, a la comezón. Y esto lo hacen con gusto, puesto que saben que así protegen a las demás células, quienes viven en la comodidad del interior del Cuerpo Humano. Pero las células de la Piel no duran mucho tiempo en su puesto, ya que se desgastan. Entonces nuevas células las sustituyen continuamente. Las células que están hasta abajo de la columna son las más jóvenes. A medida que las células más viejas de arriba se van desgastando, las más jóvenes van ascendiendo hasta que llegan a la superficie del Cuerpo Humano. Una vez ahí, cumplen su misión con orgullo y heroísmo. Yo soy una de esas células que ahora están en contacto con el exterior. Por ello debo regresar eN este momento a mi puesto. ¡Debo ir allá para ayudar con mi labor al Cuerpo Humano! Regresen cuando quieran, pero anúnciense primero, por favor.

La célula se retiró entre las risas de los aminoácidos, quienes habían quedado fascinados por su interesante relato. Cuando estuvieron solos, Glutamito dijo:

—Bien, y ahora, ¿hacia dónde vamos?

—Creo que debemos regresar a la sangre y dejar que el destino nos conduzca a otro sitio —propuso Triptofanito.

—¡Sí! —aprobó Lisina—. ¡Así podremos tener nuevas aventuras!

# CAPÍTULO XII
## La gran batalla

Los aminoácidos regresaron nuevamente a la sangre, a ese líquido maravilloso que los había estado transportando durante todo su viaje.

Nuestros héroes empezaron a nadar por un vaso sanguíneo. Pero no sabían lo que les esperaba. En otro lado del vaso, un ejército de bacterias los había visto.

Resulta ser, queridos lectores, que los aminoácidos no sólo son necesarios para el Cuerpo Humano. También las plantas, los animales y las bacterias requieren de aminoácidos para vivir. Por este motivo, las bacterias se habían saboreado al ver a los aminoácidos. Si lograban devorarlos, ellas podrían seguir creciendo y haciendo daño al Cuerpo Humano. El ejército se echó a nadar hacia nuestros indefensos amigos. Ellos venían un poco distraídos y no se dieron cuenta del peligro que se les aproximaba.

De pronto, Lisina alzó la vista y se quedó petrificada de miedo. Las bacterias habían alcanzado a los aminoácidos. Sus cuerpos inmensos y gelatinosos se movían sin piedad hacia nuestros pobres amigos. Sus caras reflejaban una maldad infinita.

El ejército de las bacterias rodeó a los aminoácidos. Por todas partes empezaron a atacarlos. Los aminoácidos decidieron hacerles frente, animados por el valor de Triptofanito, quien ya había golpeado a cinco bacterias. La

batalla se había iniciado. Pero las condiciones eran desiguales. Las bacterias se contaban por cientos de miles. Los aminoácidos eran unos cuantos. Las bacterias tenían el tamaño de un rascacielos en comparación con los pequeños aminoácidos. Y sin embargo, nuestros héroes luchaban con bravura. Muchas bacterias habían sucumbido ante el arrojo de los aminoácidos. Pero por cada bacteria muerta, aparecían miles de nuevos enemigos. Triptofanito golpeaba a cientos de bacterias a la vez. Lisina luchaba con valor. Glutamito hacía lo imposible por derrotar a los enemigos. Aspartito se esforzaba por no ser devorado. Pero todo era inútil. Las bacterias eran demasiadas. Varios aminoácidos habían caído ya en las garras de las malvadas bacterias. Todo estaba perdido. Aprovechando un descuido, cientos de bacterias se apoderaron de Triptofanito. Al ver esto, Lisina se sintió morir. Pero antes de que pudiera hacer nada, otro grupo de bacterias la hizo prisionera. Los aminoácidos estaban a punto de perecer. El hermoso viaje al Cuerpo Humano estaba a punto de terminar trágicamente. En ese momento, sin que nadie supiera cómo, un nuevo ejército apareció en escena. Triptofanito alcanzó a mirarlo y su cuerpo se estremeció de alegría. Lo había reconocido. Era un ejército de Proteínas. Al frente del ejército, uno de los soldados llevaba un estandarte que decía: "Regimiento de Anticuerpos."

Sin perder un instante, los Anticuerpos se lanzaron al ataque contra las bacterias. La batalla era difícil, pero ahora era equilibrada. Poco a poco, los fuertes Anticuerpos se iban imponiendo. Las bacterias iban siendo destruidas una por una. Al cabo de un rato, ya no quedaba una sola bacteria viva. Las que habían querido huir habían sido alcanzadas y muertas.

Una vez liberados de sus verdugos, los aminoácidos corrieron a abrazar a sus salvadores. Aquello era una fiesta. Por todos lados se veían aminoácidos conversando con Anticuerpos. Triptofanito no dejaba de expresar su agradecimiento a cuanto Anticuerpo se encontraba. Uno de ellos se puso a platicar con Triptofanito y Lisina. Este Anticuerpo tenía una complexión atlética y redonda, y decía llamarse Globulino.

Después de alabar la hazaña, Triptofanito le preguntó:

—¿Cómo hicieron para derrotar a tantas y tan fuertes bacterias?

—Nosotros ya conocíamos a esas bacterias —respondió Globulino—. Hace algún tiempo entraron al Cuerpo Humano. En esa ocasión, el Cuerpo Humano produjo Anticuerpos especializados para destruir precisamente a esas bacterias. Ahora que entraron otra vez, nosotros las reconocimos fácilmente. Y, como buenos Anticuerpos, las destruimos.

Lisina se quedó mirando al fortachón Globulino.

—¿Qué son exactamente los Anticuerpos? —inquirió.

—Los Anticuerpos somos los policías del Cuerpo Humano. Nosotros nos encargamos de destruir cualquier sustancia extraña que entre al organismo. Estas sustancias extrañas se llaman antígenos. Un antígeno puede ser una bacteria, una célula de otro organismo y en general cualquier elemento grande que no pertenezca a nuestro reino. Nosotros sabemos reconocer lo que es de nosotros y lo que viene de afuera. Y a esas sustancias extrañas las destruimos.

"Todos los antígenos son para nosotros una especie de criminales, pues pueden hacer mucho daño a nuestro reino. Los Anticuerpos, como buenos policías, destruimos a los criminales. Pero en el Cuerpo Humano ocurre una cosa muy especial. Un policía común y corriente puede combatir a cualquier criminal. En cambio, los policías del Cuerpo Humano, es decir los Anticuerpos, destruimos solamente a un tipo de antígenos. Los Anticuerpos nos hemos dividido en regimientos. Cada regimiento se encarga de combatir solamente a un antígeno en especial. Para que esto ocurra, se necesita que el antígeno entre al Cuerpo Humano una primera vez. Después de esta primera entrada, el organismo forma un regimiento de Anticuerpos especializados para luchar solamente contra ese antígeno. Cuando el antígeno entra otra vez a nuestro reino, el Cuerpo Humano ya no pierde tiempo en formar Anticuerpos, pues éstos ya se encuentran en la sangre, listos para destruir a ese antígeno. El Cuerpo Humano tiene un regimiento de Anticuerpos para cada antígeno que haya entrado al organismo. Esto es muy bueno, porque así cada regimiento está esperando a que vuelva a entrar su antígeno para destruirlo de inmediato. Así, el Cuerpo Humano se mantiene sano."

Triptofanito recordó en ese momento algo que él había escuchado cuando todavía era parte de un huevo. Sin perder tiempo, dijo a Globulino:

—Yo oí hablar una vez de las vacunas. Según me dijeron, son muy buenas para evitar las enfermedades. Explícame por qué.

Globulino respondió con orgullo:

—Las vacunas tienen mucho que ver con los Anticuerpos. Cuando a una persona se le pone una vacuna lo que se hace es meter gérmenes en su organismo.

Triptofanito y Lisina se miraron sorprendidos.

—¡Pero los gérmenes producen enfermedades! —exclamó alarmado Triptofanito.

—No se escandalicen, amigos —continuó Globulino con mucha calma—. Los gérmenes que se introducen al Cuerpo cuando se pone una vacuna están debilitados o muertos. Estos gérmenes no pueden provocar una enfermedad, pero sí pueden hacer que el Cuerpo Humano produzca Anticuerpos contra ellos. Después, los Anticuerpos quedan en la sangre. Cuando un germen fuerte, que sí puede producir enfermedad, entra al Cuerpo Humano, el organismo ya tiene listos los Anticuerpos necesarios para destruirlo y evitar la enfermedad. Si la persona no hubiera estado vacunada, el organismo no tendría Anticuerpos listos. Para el momento en que los formara, los gérmenes ya habrían producido la enfermedad. Las vacunas dolerán a veces, pero son buenísimas para conservar la salud.

La conversación entre Triptofanito, Lisina y Globulino continuó muy animada. Los aminoácidos le contaron al Anticuerpo de las aventuras que habían tenido en su viaje. Globulino, a su vez, les platicó de otras heroicas batallas que había librado contra las bacterias. Cuando el Anticuerpo narraba sus hazañas, Lisina le preguntó:

—¿Y dices que los Anticuerpos viajan por la sangre?

—Sí —respondió Globulino—, los Anticuerpos podemos pasar a los tejidos, pero sobre todo estamos en la sangre.

—¡Oh, la sangre! —suspiró Lisina—. ¡Qué hermoso líquido es la sangre!

—Si les interesa la sangre, yo puedo presentarles a sus habitantes —ofreció amablemente Globulino.

—¡Eso sería maravilloso! —exclamó Triptofanito—. ¡Hemos estado viajando tanto tiempo en la sangre que ahora quisiéramos conocerla!

—Pues llamen a sus compañeros aminoácidos y yo les mostraré los misterios de la sangre —añadió Globulino.

## CAPÍTULO XIII
### El ejército de los comelones

—La sangre es el río más maravilloso que existe en la naturaleza —empezó diciendo Globulino mientras nadaban—. Por la sangre se transportan todos los compuestos necesarios para la vida de las células: proteínas, lípidos, glucosa, oxígeno, hormonas. Además, en la sangre viven algunas células importantísimas para el Cuerpo Humano. Los voy a presentar con cada una de estas células. Primero veremos a los grandes amigos de los Anticuerpos: los Glóbulos Blancos. El Anticuerpo observó a un grupo de Glóbulos Blancos que circulaban por la sangre y les gritó:

—¡Leucocitos, vengan acá!

—¿Leucocitos? ¿Qué es eso? —preguntó Lisina un poco asustada por la palabra.

—Leucocitos es el otro nombre de los Glóbulos Blancos —respondió riendo Globulino, mientras las células se acercaban.

Cuando los Glóbulos Blancos llegaron, Globulino les dijo:

—Amigos, les quiero presentar a este grupo de aminoácidos. Ellos están viajando por el Cuerpo Humano y se encuentran muy interesados en conocerlos.

—¿Unos aminoácidos? ¡Qué bueno es tener unos aminoácidos en la sangre! No así cuando hay bacterias o materiales dañinos. Éstos son nuestros mayores enemigos —exclamó uno de los Leucocitos.

Al igual que sus compañeros, este Leucocito era algo gordo y tenía una mirada aguerrida. Parecía un luchador.

—Nosotros protegemos al Cuerpo Humano de las infecciones —continuó otro Leucocito—. Los Glóbulos Blancos formamos un gran ejército. Los soldados de este ejército estamos siempre en movimiento, circulando por la sangre. Así vigilamos que el Cuerpo Humano no sea invadido por las bacterias. Si alguna bacteria llega a un *tejido,* nosotros salimos de los vasos sanguíneos y penetramos al tejido infectado. Una vez ahí, los Leucocitos empezamos a comer a las bacterias. Por eso ven que estamos un poco gordos. ¡Los Leucocitos somos los grandes comelones del

Cuerpo Humano!

—Entonces, ustedes se parecen mucho a los Anticuerpos —afirmó Triptofanito.

—Sí y no —replicó el Leucocito—. Los Anticuerpos también combaten a las bacterias. Pero hay muchas diferencias entre un Anticuerpo y un Glóbulo Blanco. En primer lugar, no deben olvidar que los Anticuerpos son proteínas, mientras que los Leucocitos somos células enteras. En segundo lugar, los Anticuerpos no se comen a las bacterias, sino que las atacan directamente. En tercer lugar, los Leucocitos no estamos organizados en regimientos especiales como los Anticuerpos. Los Leucocitos formamos un solo ejército capaz de pelear contra cualquier bacteria. Los Glóbulos Blancos no necesitamos que la bacteria haya entrado una primera vez al Cuerpo para formarnos, sino

que actuamos desde el principio. Muchas veces los Glóbulos Blancos empezamos a comernos a las bacterias antes de que se formen los Anticuerpos. Después ya llegan los Anticuerpos, quienes por estar especializados para combatir a esas bacterias en particular, las destruyen con más eficacia.

En ese momento, otro Glóbulo Blanco tomó la palabra:

—Pero mi compañero no les ha dicho todo lo que hacemos los Leucocitos. Nosotros somos también los barrenderos del Cuerpo Humano. Los Leucocitos no sólo nos comemos a las bacterias, sino en general a cualquier material "sucio" que entre al Cuerpo Humano. Para explicarles mejor, les contaré una historia muy frecuente:

"Un niño se encuentra jugando. De pronto, se cae y se hace una herida en la pierna. Al hacerse la herida, se rompen muchas células de la Piel. Por ese lugar entran miles de bacterias que se encuentran en el ambiente. Además penetran tierra y polvo. Todos éstos son materiales sucios que deben ser desechados.

"Lo primero que hace el Cuerpo Humano es producir una inflamación en el sitio de la herida. La inflamación consiste en tabicar el sitio de la herida a fin de separarlo del resto del Cuerpo. Esto tiene el propósito de que los materiales sucios y las bacterias no pasen a otras partes del organismo. En esta forma el Cuerpo Humano puede limpiar mejor la herida. La inflamación se nota porque el sitio de la herida se pone rojo, se hincha, se vuelve caliente y duele. Además, la inflamación es como un toque de clarín que llama a los soldados Leucocitos al campo de batalla, o sea, al sitio de la herida.

"Cuando llegan ahí, los Glóbulos Blancos empiezan a comer a las bacterias. Además, se comen a los materiales sucios, es decir, a la tierra y el polvo, y a las células muertas. Mediante esta acción, los Leucocitos inician la limpieza de la herida. Pero a fin de que la herida quede realmente limpia, todos los materiales comidos por los Leucocitos deben salir del Cuerpo Humano. Con este propósito se forma el pus. El pus es una mezcla de Glóbulos Blancos que se han comido a las bacterias, a los materiales sucios y a las células muertas. El pus es como un drenaje. Al salir del Cuerpo Humano, el pus se lleva consigo a todos los materiales que habían infectado la herida. En esta forma el sitio de la herida se limpia y sana. Y el niño puede volver a jugar."

Apenas había terminado de hablar el Leucocito, sus compañeros empezaron a formarse en línea y a marchar.

—Parece que hay una inflamación en alguna parte del Cuerpo Humano. Tenemos que irnos. ¡El Cuerpo Humano necesita de su ejército! ¡Adiós, amigos! —se despidió el valeroso Glóbulo Blanco.

Los aminoácidos y Globulino vieron cómo los Leucocitos se alejaban marchando muy marciales.

Mientras los miraba a lo lejos salir del vaso sanguíneo para entrar al tejido infectado, Globulino exclamó pensativo:

—¡Esos Leucocitos son unos verdaderos héroes! Cada vez que van a combatir a una bacteria, los Glóbulos Blancos mueren. Sólo así se puede formar el pus que sacará a las bacterias y a los materiales sucios del Cuerpo Humano. ¡Ellos saben que para cumplir su misión deben perecer!

Y, sin embargo, los Leucocitos sacrifican su vida para que el Cuerpo Humano pueda seguir existiendo.

—Pero, en fin —continuó Globulino saliendo de su melancólica meditación—, es hora de ir a conocer a los otros habitantes de la sangre.

# CAPÍTULO XIV
## Globulino se despide

Al poco rato, los aminoácidos y Globulino llegaron a un sitio donde miles de pequeñas estructuras redondas se amontonaban unas junto a las otras.

—¡Hemos tenido suerte! —exclamó Globulino—. Aquí ven ustedes a los segundos habitantes de la sangre en plena acción. Se trata de las Plaquetas. Las Plaquetas tienen a su cargo una parte de la importantísima función de la coagulación. Cuando un vaso sanguíneo se rompe, la sangre empieza a escapar, produciéndose una hemorragia. Pero la sangre es demasiado valiosa como para que el Cuerpo Humano permita que se pierda. Aquí es donde entran en escena las Plaquetas. Al cortarse un vaso sanguíneo, miles de Plaquetas acuden al sitio de la lesión. Una vez ahí, las Plaquetas se pegan con otras. En esta manera se forma un tapón de Plaquetas que tapa el lugar donde está saliendo sangre. Así, la hemorragia se detiene. El Cuerpo Humano deja de perder sangre y el vaso sanguíneo puede repararse.

—¿Las Plaquetas son células? —preguntó Triptofanito.

—No —respondió Globulino—. Las Plaquetas son porciones de una célula madre. Cuando esta célula madura, su cuerpo se fragmenta en cientos de Plaquetas. Así es como se forman la Plaquetas, que son unas de las principales responsables de la coagulación.

Globulino hizo una pausa y después continuó:

—Veo que nuestras amigas Plaquetas están demasiado ocupadas como para platicar con ellas. Además, me parece que las estamos distrayendo con nuestra conversación. Será mejor que continuemos nuestro recorrido por la sangre.

Los aminoácidos reanudaron su nado. Para no interrumpir a las trabajadoras Plaquetas, tomaron una desviación por otro vaso sanguíneo. A lo lejos se veían las Plaquetas luchando por conservar el maravilloso líquido dentro del organismo.

Mientras nadaban, Globulino iba diciendo:

—Ahora los llevaré con las otras células de la sangre: los Glóbulos Rojos.

Y dirigiéndose a Lisina continuó:

—¡Para que no te asustes con los nombres raros, te diré de una vez que los Glóbulos Rojos también se llaman Eritrocitos! Además no tendremos ningún problema para encontrarlos. Los Eritrocitos son las células más numerosas de la sangre. Están por todo este río formidable.

Efectivamente, los aminoácidos no tuvieron más que volver la vista para observar a cientos de células ovaladas y rojas que seguían tranquilamente el curso de la sangre.

Globulino detuvo a uno de los Eritrocitos y lo saludó:

—¡Hola, amigo Eritrocito!

El Glóbulo Rojo respondió sorprendido:

—¡Globulino, amigo mío! ¿Cómo has estado? ¡Tenía tanto tiempo sin verte! ¡Qué agradable sorpresa! Dime, ¿en qué puedo servirte?

—Mira, éste es un grupo de aminoácidos —dijo Globulino al tiempo que hacía las correspondientes presentaciones.

—Mucho gusto —exclamó Triptofanito—. Quisiéramos que nos enseñaras cómo funcionan los Glóbulos Rojos. Además, nos encantaría que nos explicaras la circulación de la sangre.

—¡Claro que lo haré! ¡Quien es amigo de Globulino también es amigo mío! —asintió el entusiasta Eritrocito—. Pero yo soy una célula muy importante y no puedo detenerme a platicar. Lo que haré será llevarlos conmigo a mi trabajo. Así será mejor, pues ustedes mismos verán cómo funciona un Eritrocito y cómo circula la sangre.

A continuación, Globulino se dirigió a los aminoácidos:

—Bien, amigos, ahora yo debo retirarme. Tengo que irme a reunir con los Anticuerpos de mi regimiento para seguir protegiendo al Cuerpo Humano. Pero los dejo en muy buenas manos. ¡Ha sido un placer acompañarles en esta parte de su viaje! ¡Hasta luego!

Triptofanito respondió emocionado:

—¡Adiós, Globulino! ¡Siempre recordaremos con gratitud la forma heroica en la que nos salvaste la vida!

Los aminoácidos abrazaron uno por uno al valiente Anticuerpo. Globulino no pudo resistir la emoción y rompió a llorar. Pero las suyas eran lágrimas de alegría. De la alegría de saber que siempre estaría ahí, dispuesto a defender a los aminoácidos y al Cuerpo Humano de cualquier bacteria que osara atacarlos.

Cuando Globulino se hubo marchado, el Eritrocito preguntó con entusiasmo:

—¿Están listos para empezar?

—¡Sí! —exclamaron en coro los aminoácidos.

—Pues, ¡andando! ¡Vamos a explorar los misterios de la circulación!

# CAPÍTULO XV
## La maravillosa sangre

El Eritrocito, entusiasta como siempre, comenzó a hablar:

—Mientras llegamos al lugar donde trabajo, les iré platicando de la sangre:

"La sangre está formada por dos tipos de elementos: en primer lugar, se encuentra el agua, que recibe el nombre de plasma sanguíneo; en segundo, están los Leucocitos, los Eritrocitos y las Plaquetas, que en conjunto nos llamamos elementos figurados de la sangre. Ustedes ya conocen a los elementos figurados.

"Una de las funciones más importantes de la sangre es la de llevar los alimentos a todas las células del Cuerpo Humano. Los alimentos son, antes que nada, las proteínas, la glucosa, los lípidos, las vitaminas y las sales minerales. Estos alimentos viajan por el plasma sanguíneo. Hagan de cuenta que la sangre es como un autobús. Las proteínas, la glucosa, los lípidos, las vitaminas y los minerales ocupan los asientos del plasma. Además, la sangre tiene otro tipo de asientos. Esos asientos son los Eritrocitos. En éstos solamente viaja un pasajero: el oxígeno. Pero los asientos de los Eritrocitos no están hechos de madera, como los asientos comunes y corrientes. Los asientos de los Glóbulos Rojos están formados por una proteína muy especial: la hemoglobina. En esta forma, el oxígeno se sienta tranquilamente sobre la hemoglobina y deja que el autobús de la sangre lo lleve hasta los tejidos. Esto es muy importante, porque las células del Cuerpo Humano necesitan de oxígeno para trabajar y vivir. Sin oxígeno la vida de las células es imposible.

"Sin embargo, todo lo que acabo de decirles es únicamente la mitad de la historia. La otra mitad es que las células, al trabajar, producen sustancias de desecho. Una de las sustancias de desecho más importante es el bióxido de carbono. Las sustancias de desecho, incluyendo al bióxido de carbono, también viajan por la sangre."

Triptofanito se quedó pensando en lo que decía el Eritrocito. Después de un breve rato, exclamó:

—Por lo tanto, existen dos tipos de sangre: una sangre "limpia" que transporta alimentos y oxígeno y una sangre "sucia" que lleva sustancias de desecho y bióxido de carbono.

—Exactamente —replicó el Eritrocito, orgulloso de que le hubieran entendido—. La primera sangre, la "limpia", se llama sangre arterial. La segunda sangre, la "sucia", se denomina sangre venosa

—¿Por qué se llaman así? —preguntó Lisina, al tiempo que chapoteaba en la sangre.

—Es muy sencillo —respondió el Glóbulo Rojo—. La sangre arterial se llama así porque circula en las Arterias. En cambio, la sangre venosa viaja, como su nombre lo indica, por las Venas.

—Pero, dime Eritrocito, ¿qué es, una Arteria y qué es una Vena? —inquirió con interés Aspartito.

El Eritrocito tomó aliento y contestó:

—Aquí entramos en otro tema: el de los Vasos Sanguíneos. Si la sangre es como un autobús, los Vasos Sanguíneos son como las carreteras donde viaja el autobús. Así como en el mundo exterior existen distintos tipos de carreteras —las calles, las avenidas, las autopistas, etcétera—, en el Cuerpo Humano también hay diferentes clases de Vasos Sanguíneos. Nada más que aquí se llaman de distinta forma que en el mundo exterior. En el Cuerpo Humano hay tres clases de carreteras: las Arterias, las Venas y los Capilares. Nosotros estamos viajando en este momento por una Arteria. Las Arterias son vasos que salen del Corazón, que llevan sangre con oxígeno y…

El Eritrocito fue interrumpido por Glutamito quien le preguntó con avidez:

—¿Qué es el Corazón?

—No seas impaciente, amigo. Todavía no es hora de hablar del Corazón. Sin embargo, para que no te quedes con la curiosidad, te diré solamente que el Corazón es el motor del autobús. Es decir, el Corazón mueve a la sangre.

En ese momento los aminoácidos vieron cómo la Arteria donde viajaban se dividía en muchas ramas. El Eritrocito tomó una de ellas y los aminoácidos lo siguieron. Después esta rama se dividió en muchas ramitas, cada una más estrecha que la anterior. Estas ramitas se subdividieron en otras más estrechas. Los aminoácidos iban cada vez más apretados en el Vaso Sanguíneo.

—¿Qué es lo que está pasando? —gritó Lisina desconcertada.

—No te preocupes, bella amiga —respondió sonriente el Glóbulo Rojo—. Después de salir del Corazón, las Arterias se van dividiendo en ramas cada vez más estrechas a fin de poder llegar hasta los tejidos. La Arteria es como el tronco de un árbol, del cual nacen muchas pequeñas ramas. Después, cada una de estas pequeñas Arterias se transforma en un Capilar. Es en los Capilares donde yo realizo la primera parte de mi trabajo. ¡Fíjense bien: estamos a punto de llegar a un Capilar!

Los aminoácidos entraron a un Vaso Sanguíneo estrechísimo. Era tan estrecho que sus paredes resultaban casi transparentes. El Eritrocito ocupaba todo el grosor del Capilar. Los aminoácidos tenían que seguirlo con cautela. Pero a pesar de lo reducido del espacio, los aminoácidos vieron un espectáculo que jamás habrían de olvidar: del Eritrocito salió un oxígeno que atravesó la pared del Capilar. Posteriormente, este oxígeno habría de llegar hasta una célula que así podría seguir viviendo. Al mismo tiempo, un bióxido de carbono cruzó la pared del Capilar y entró a la sangre.

El Eritrocito y los aminoácidos siguieron circulando. El Capilar por donde viajaban se unió a otros Capilares para formar un Vaso más grueso. Este Vaso, a su vez, se unió con otros. Finalmente, los aminoácidos y el Glóbulo Rojo salieron a un Vaso Sanguíneo bastante grueso.

Una vez ahí, Triptofanito quedó boquiabierto: la sangre cLara y brillante de la Arteria se había vuelto oscura y opaca.

—¿Por qué ha cambiado la sangre de tonalidad? —preguntó sorprendido.

—Lo que pasa es que ahora estamos en una Vena —respondió el Eritrocito—. La sangre venosa es un poco más oscura qué la arterial. Esto se debe a que la sangre venosa lleva bióxido de carbono y la arterial, oxígeno.

La Vena por la que nadaban era muy gruesa. A cada trecho se le unían Venas más delgadas. Eran como las calles pequeñas que se van uniendo a una amplia avenida.

Lisina nadaba con los ojos bien abiertos, tratando de captar todas las maravillas que estaban viviendo.

—¿Cómo se llama esta Vena? —preguntó.

Rápidamente, el Eritrocito le contestó:

—Esta es la Vena Cava Inferior.

Al oír este nombre, Lisina recordó aquella ocasión en que, saliendo del Hígado, los aminoácidos habían estado a punto de viajar al Corazón.

—¿Eso significa que vamos rumbo al Corazón? —inquirió emocionada.

—Así es, respondió el Glóbulo Rojo. Al Corazón llegan tres grandes venas: la Vena Cava Inferior, que trae la sangre venosa de la parte baja del cuerpo; la Vena Cava Superior, que llega con la sangre de la parte alta del organismo, y la Vena Coronaria, que transporta la sangre venosa del propio Corazón.

En ese momento, la sangre empezó a vibrar. En las paredes del vaso retumbaba un sonido semejante al de un tambor.

—¡Atención: estamos acercándonos al Corazón! —gritó el Eritrocito.

A medida que se aproximaban, el sonido se hacía más fuerte. El Corazón se veía cada vez más grande, cada vez más claro, cada vez más cerca. ¡Nuestros amigos se acercaban más y más y más!

De pronto, los aminoácidos y el Eritrocito cayeron dentro de un inmenso cuarto. Las paredes del cuarto estaban hechas de músculo.

—¡Hemos llegado al Corazón! —exclamó satisfecho el Glóbulo Rojo—. Antes de seguir adelante tenemos que esperar a que esta cámara se llene de sangre. Mientras tanto, les diré que el Corazón está dividido en dos mitades: una derecha a la cual *llega* toda la sangre venosa y una izquierda de la cual *sale* la sangre arterial. Cada una de las dos mitades está formada a su vez por dos cámaras: una superior que es la Aurícula y otra inferior que se llama Ventrículo. Las Aurículas y los Ventrículos están separados entre sí por Válvulas. Ahora nos encontramos en la Aurícula Derecha.

Apenas había terminado de hablar el Eritrocito cuando la Válvula se abrió y la sangre empezó a caer hacia el Ventrículo Derecho. Al llegar la sangre, el Ventrículo se contrajo y nuestros amigos salieron disparados por un Vaso Sanguíneo.

Triptofanito preguntó:
—¿Dónde estamos ahora?
El Eritrocito respondió:
—Estamos nadando por la Arteria Pulmonar. Esta Arteria es la única de todo el organismo que transporta sangre venosa. La Arteria Pulmonar lleva toda la sangre venosa desde el Corazón hasta los Pulmones. En los Pulmones es donde yo realizo la segunda parte de mi trabajo.

Los aminoácidos empezaron a entrar al condado del Pulmón. Por todas partes se veían pequeñas bolsas llenas de aire. Sobre estas bolsas se leía un letrero que decía:

ALVEOLOS PULMONARES. Entonces, los aminoácidos volvieron a presenciar un hecho fantástico: el Glóbulo Rojo se detuvo frente a un Alveolo. Del Alveolo salió un oxígeno que entró al Eritrocito al mismo tiempo que un bióxido de carbono salía de la sangre para llegar al Alveolo.

Al terminar este maravilloso acto, Triptofanito dijo al Eritrocito:

—Por favor, explícanos lo que acaba de ocurrir.

El Glóbulo Rojo respiró profundamente y exclamó con entusiasmo:

—Es muy sencillo. Cuando una persona respira, lo que hace es meter oxígeno del aire y expulsar bióxido de carbono de su cuerpo. El oxígeno entra por las Narices, pasa por un sistema de tubos, llega a los Pulmones y se distribuye por los Alveolos Pulmonares. Los Alveolos ceden el oxígeno a los Eritrocitos y los Eritrocitos les damos a cambio el bióxido de carbono. Después, el bióxido de carbono sale por los tubos hasta las Narices y de ahí al exterior. Gracias a esta acción, la sangre venosa se limpia y se convierte en arterial. Precisamente ahora estamos viajando por la Vena Pulmonar. Esta es la única Vena del Cuerpo Humano que lleva sangre arterial. En este momento vamos de regreso al Corazón para que desde ahí la sangre arterial se distribuya a todo el organismo.

En unos instantes los aminoácidos y el Eritrocito llegaron a la Aurícula Izquierda. La Aurícula se llenó, la Válvula se abriósla sangre pasó al Ventrículo Izquierdo y finalmente el Ventrículo se contrajo. Nuestros amigos salieron por una enorme Arteria.

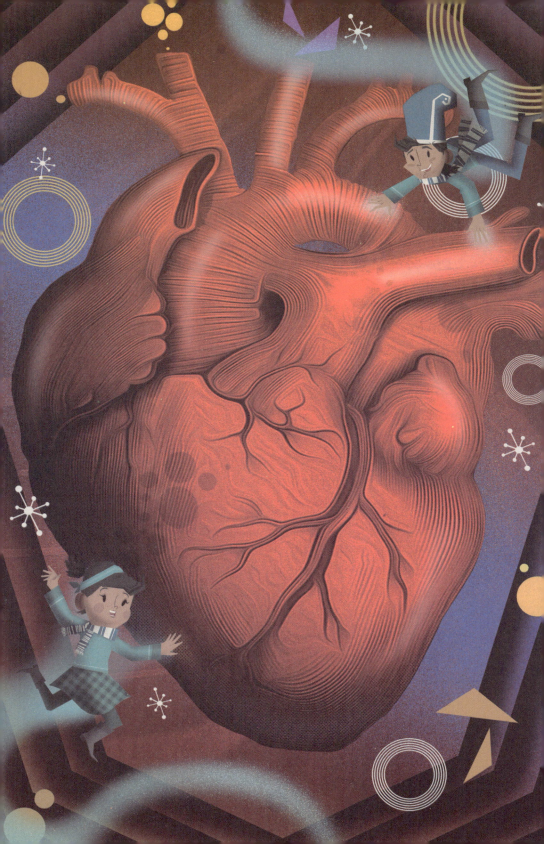

—Ésta es la Arteria Aorta —continuó el Eritrocito—. La Aorta es la Arteria más gruesa del Cuerpo Humano. Por aquí salen todos los Glóbulos Rojos para llevar su dotación de oxígeno a cada una de las células del Cuerpo Humano. Así se inicia un nuevo ciclo. Todo el recorrido que hemos hecho, lo realizo yo cientos de veces en un día. ¡Ahora ya conocen la circulación de la sangre! —concluyó emocionado.

Dos de los aminoácidos se acercaron al Eritrocito y le dijeron:

—Amigo, la circulación nos ha admirado profundamente. Nosotros quisiéramos quedarnos en la sangre para ser útiles a los Eritrocitos.

La célula exclamó entusiasmada:

—¡Espléndido! Yo los llevaré a un sitio de los huesos, llamado la Médula Ósea, donde se forman los Eritrocitos. Ahí ustedes podrán pasar a formar parte de uno de nosotros.

Y dirigiéndose a los demás aminoácidos, dijo:

—¿Hacia dónde quieren ir ahora?

Después de consultar con sus compañeros, Triptofanito respondió:

—Nos encantaría ir a la Cabeza.

—Pues tomen esta Arteria —señaló el Eritrocito—, y llegarán ahí directamente. Yo debo ir a otras partes del Cuerpo Humano donde las células están esperando que les lleve oxígeno. Pero no se preocupen: ¡desde ahora, cada vez que viajen por la sangre habrá miles de Eritrocitos que los acompañen!

Los aminoácidos se despidieron del Glóbulo Rojo y de sus compañeros.

Al empezar a nadar por la sangre, Triptofanito sintió algo nuevo. Ahora veía a ese río maravilloso en una forma completamente distinta.

Ahora ya conocía a la sangre.

# CAPÍTULO XVI
## Entusiasmo por las hormonas

Mientras se dirigían a la Cabeza, los aminoácidos pasaron por el Cuello. Ahí, nuestros héroes vieron en la distancia un letrero que se encontraba a la entrada de un condado. El letrero decía: "Este condado es una glándula endocrina. Se llama Glándula Tiroides." El letrero continuaba con un tono orgulloso: "Nuestra hormona actúa sobre casi todas las células del Cuerpo Humano. Su función principal es aumentar el metabolismo de las células."

—¡Qué interesante! —exclamó Triptofanito.

Pero Glutamito dijo un poco desconcertado:

—Yo no entendí bien la función de la Glándula Tiroides, pues no me acuerdo de lo que es el metabolismo.

Triptofanito le respondió:

—Recuerda que el metabolismo es el conjunto de transformaciones que sufren las sustancias en el interior del Cuerpo Humano. Si la Tiroides aumenta el metabolismo, esto quiere decir, entre otras cosas, que la hormona de la Tiroides acelera la transformación de los alimentos en energía. Con esta energía, las células crecen y se desarrollan. Por lo tanto, esta hormona regula el crecimiento y desarrollo del Cuerpo. Creo que la hormona de la Tiroides es muy importante para nuestros amigos los niños.

Junto a la Tiroides, los aminoácidos alcanzaron a ver otra glándula endocrina. En esta glándula había otro letrero que decía: "Esta es la Glándula Paratiroides. Nuestra hormona regula el metabolismo de dos sales minerales: el calcio y el fósforo."

Al leer el letrero, Triptofanito expresó:

—Esto quiere decir que la Paratiroides tiene mucha relación con los huesos, pues yo oí decir una vez que el calcio y el fósforo son dos de los componentes más importantes de los huesos.

Y después, Triptofanito concluyó:

—Bien, es hora de seguir adelante.

Pero antes de que reanudaran su nado, uno de los aminoácidos dijo:

—Yo quiero ir hasta la Glándula Tiroides y quedarme ahí para serle útil.

Entonces, otro aminoácido exclamó:

—Yo por mi parte iré hasta la Paratiroides.

—¡Qué bueno es saber que tiene uno compañeros serviciales! —expresó Triptofanito.

Los aminoácidos se despidieron de sus dos nobles compañeros y continuaron su viaje. Al cabo de un rato, los aminoácidos entraron en una inmensa cúpula.

La voz de Triptofanito retumbó profundamente cuando dijo:

—Me parece que hemos penetrado al Cráneo.

Una vez ahí, nuestros amigos observaron un condado pequeño, que tenía la forma de un chícharo. A pesar de ser tan pequeño, este condado tenía un aire de realeza. De hecho, se encontraba colocado sobre una estructura que parecía un trono. Los aminoácidos entraron al nuevo órgano y vieron que estaba poblado por miles de células.

Las células trabajan sin cesar fabricando nueve diferentes líquidos.

Los aminoácidos se acercaron a una de ellas y Triptofanito le preguntó:

—¿Qué estás haciendo?

La célula interrumpió su trabajo, alzó la vista y dijo con gran alegría:

—Estoy produciendo hormonas.

La pregunta por parte de Lisina no se hizo esperar:

—¿Hormonas? ¿Entonces estamos en una glándula endocrina?

La célula sonrió. En su rostro había una expresión parecida a la que esboza un general cuando se le pregunta si es soldado. Con la felicidad que parecía producirle el hecho de trabajar ahí, respondió:

—Amigos, están ustedes en la reina de las glándulas endocrinas. Esta glándula es ni más ni menos que la Hipófisis.

Aspartito formuló inmediatamente la siguiente pregunta, en un tono de admiración y cordialidad:

—¿Y por qué dices que esta glándula es la reina?

—Simplemente porque la Hipófisis controla la secreción de casi todas las demás glándulas endocrinas —contestó la célula con orgullo.

Los aminoácidos se quedaron callados. Todos se sentían conmovidos por una profunda emoción. Era la emoción de haber llegado a la máxima glándula endocrina.

Triptofanito rompió el silencio:

—Explícanos, por favor, cómo es que la Hipófisis regula a las demás glándulas endocrinas.

La célula empezaba a pasar de la alegría al entusiasmo. Se movía de un lado para otro y hablaba con voz fuerte y segura. Fue así como dijo:

—Verán ustedes, queridos aminoácidos: el Sistema Endocrino es muy democrático. Aquí existe un jefe que es la Hipófisis. La Hipófisis envía la orden a una glándula, digamos la Tiroides, para que ella mande su hormona a la sangre. La manera como la Hipófisis da esta orden es liberando por su parte una de sus hormonas. Esta hormona actúa solamente sobre la Tiroides. Al llegar la hormona de la Hipófisis a la Tiroides, esta última glándula libera, a su vez, su propia hormona. En esta forma, una hormona hace que se libere otra hormona y todo queda en familia. Una vez que ha sido liberada, la hormona de la Tiroides empieza a actuar sobre las células del organismo. Pero llega un momento en que ya existe suficiente hormona tiroidea en la sangre. En ese instante la Tiroides manda una señal a la Hipófisis para que ésta deje de producir su hormona. Al ocurrir esto, la Tiroides ya no recibe la orden de la Hipófisis. Por lo tanto, la Tiroides deja de producir su propia hormona. Pero después, las células empiezan a necesitar más hormona tiroidea. La Hipófisis se da cuenta de que falta la hormona tiroidea y vuelve a enviar la orden a la Tiroides. En consecuencia, la Tiroides produce más hormona, hasta que nuevamente hay suficiente. En ese momento, la Hipófisis deja de producir su hormona y la historia se repite. Por eso les digo que el Sistema Endocrino es una democracia. El Jefe del sistema manda las órdenes pero también recibe las opiniones de sus subordinados. Estas opiniones le informan a la Hipófisis si falta una hormona o si ya hay suficiente. De acuerdo con las opiniones de las otras glándulas, la Hipófisis envía o deja de enviar la orden correspondiente. Nada más que en el Sistema Endocrino la palabra que se usa no es democracia. Aquí, la palabra empleada es un poco más larga pero igualmente maravillosa. En el Sistema Endocrino la palabra es "retroalimentación".

—¿Entonces, todas las hormonas se regulan por medio de la retroalimentación? —preguntó Lisina.

—Así es —afirmó la célula—. La producción de las hormonas de los Órganos Sexuales y la de algunas hormonas de las Cápsulas Suprarrenales se controlan igual que la de la Tiroides, es decir, a través de la Hipófisis. En cambio, las hormonas de las Paratiroides, de los Islotes de Langerhans y el resto de las hormonas de las Cápsulas tienen su propia e independiente retroalimentación. Sin embargo, en todas las glándulas endocrinas el sistema de control es el mismo: la retroalimentación. Gracias a la retroalimentación, la producción de todas las hormonas del organismo se regula en forma precisa. Con la retroalimentación no se produce ni una gota más ni una gota menos de lo que el Cuerpo Humano requiere.

—¿Por qué es necesario que se controle tan exactamente la producción de hormonas? —preguntó Triptofanito.

La célula respondió de inmediato, como quien sabe perfectamente de lo que está hablando:

—Hay dos motivos para que las cosas sean así. El primero es que basta una cantidad muy pequeña de hormonas para que se produzcan cambios importantes en las células sobre las que dicha hormona actúa. No olviden ustedes que las hormonas actúan sobre todas las células del organismo. Si no hubiera un control tan estricto de las hormonas, las células estarían sufriendo cambios inaguantables. ¡El Cuerpo Humano viviría en un verdadero desorden! El segundo motivo es que el Sistema Endocrino es uno de los dos sistemas que regulan y coordinan las funciones de todo el Cuerpo Humano. El otro sistema es el Nervioso. Por cierto, que la Hipófisis es un punto de unión entre el Sistema Endocrino y el Sistema Nervioso.

—¡Explícanos eso, por favor! —exclamó Triptofanito, ávido de conocimientos.

En la cumbre del entusiasmo, la célula afirmó:

—Lo que ocurre es que la Hipófisis se encuentra unida a un órgano del Sistema Nervioso. Este órgano es el Hipotálamo. El Hipotálamo regula la secreción de varias de las hormonas de la Hipófisis. Pero el Hipotálamo además tiene muchas otras funciones. ¡Ciertamente, el Hipotálamo es un condado muy interesante!

—¿Y cómo se llega al Hipotálamo? —preguntó Triptofanito, contagiado por el entusiasmo.

—Es muy fácil —respondió la amable célula—. Todo lo que tienen que hacer es cruzar ese puente.

Los aminoácidos volvieron la cara y vieron un corto puente. De un lado del puente estaba el Sistema Endocrino. Del otro se encontraba el Sistema Nervioso.

Antes de que se marcharan, tres aminoácidos, impregnados también de alegría, dijeron:

—Ya que la Hipófisis es un órgano tan importante y entusiasta, nosotros queremos quedarnos aquí para ayudar con nuestro trabajo.

—¡Así se hará! —exclamó la célula mientras se despedía de los aminoácidos restantes y les deseaba un buen viaje.

Nuestros héroes empezaron a cruzar el puente. Ahora ya sólo quedaban cuatro aminoácidos: Triptofanito, Lisina, Glutamito y Aspartito.

Al poco rato, los aminoácidos llegaron al otro lado.

Triptofanito temblaba de emoción. ¡Se encontraban ya en el Sistema Nervioso!

# CAPÍTULO XVII
## El control de los órganos

El Hipotálamo parecía una ocupada oficina. Multitud de células trabajaban sin cesar. El condado estaba lleno de cientos de cables que cruzaban en todas direcciones.

Una célula que había visto entrar a los aminoácidos se les acercó y les preguntó:

—Díganme, ¿en qué puedo servirles?

Triptofanito se dirigió a la célula con algo de timidez, pues se encontraba aturdido por la gran actividad del condado.

—Si no es molestia, quisiéramos que usted nos explicara lo que están haciendo aquí, señor.

—¡Claro que no es molestia! —respondió la célula amablemente—. Además no me hablen de usted. Tampoco me llamen "señor" con tanta solemnidad. Díganme simplemente Neurona. Todas las células del Sistema Nervioso nos llamamos Neuronas.

—Muy bien, Neurona, pues dinos por qué están tan ocupados en este condado —terció la alegre Lisina.

La célula respondió:

—La razón de que estemos tan ocupados es que el Hipotálamo tiene bajo su responsabilidad a muchísimos órganos internos del Cuerpo Humano.

"El Hipotálamo es un centro muy importante adonde llega la información de lo que está ocurriendo en el interior

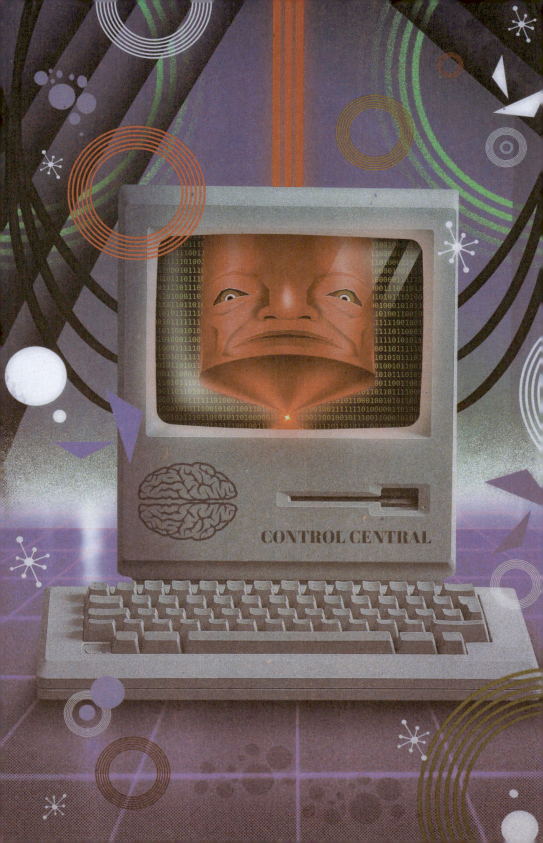

del organismo. A través de su control sobre algunos órganos, el Hipotálamo mantiene constante la temperatura interna del Cuerpo Humano, independientemente de que afuera haga frío o calor. Esto es muy importante porque las células necesitan trabajar siempre a una misma temperatura. Además, nuestro condado regula la sed y el hambre. En esta forma el Cuerpo Humano se da cuenta de cuándo necesita beber agua o comer alimentos. Por otra parte, el Hipotálamo es el órgano más importante para percibir las emociones, ya sea rabia o alegría, desagrado o placer, odio o cariño. En el Hipotálamo se siente. Nuestro condado tiene una gran influencia sobre la conducta. En fin, el Hipotálamo controla muchísimas funciones.

"Pero quizás el papel más importante del Hipotálamo es el de ser el máximo centro de una de las dos grandes divisiones del Sistema Nervioso: el Sistema Nervioso Vegetativo. El Sistema Nervioso Vegetativo tiene bajo su dominio a todas las vísceras del organismo, lo mismo al Estómago que al Intestino, al Riñón, al Hígado o al Páncreas. Incluso el Corazón recibe gran influencia del Sistema Nervioso Vegetativo.

"El Sistema Nervioso Vegetativo hace que el Intestino se mueva en mayor o menor grado, que los Acinos del Páncreas liberen más o menos enzimas, que el Corazón lata con mayor o menor frecuencia. Y todo este control se regula en el Hipotálamo, a fin de que las acciones del Sistema Nervioso Vegetativo vayan de acuerdo con las necesidades del Cuerpo Humano. Claro está que el rey del Cuerpo Humano no se da cuenta de esto. ¡Imagínense: si supiera cuándo se está moviendo su Intestino o a qué velocidad late su Corazón, el granjero no tendría tiempo de pensar o trabajar! Por eso la acción del Sistema Nervioso Vegetativo es silenciosa. Pero el Sistema Nervioso Vegetativo y el Hipotálamo están siempre ahí, vigilando que todo marche bien en el Cuerpo Humano."

La célula terminó su apasionado discurso. Triptofanito había escuchado con atención sus palabras. Entonces el aminoácido preguntó:

—Neurona, hace un momento dijiste que el Sistema Nervioso Vegetativo es una de las dos grandes divisiones del Sistema Nervioso. ¿Cuál es la otra?

La Neurona respondió con su acostumbrada amabilidad:

—La otra división es el Sistema...

Pero la Neurona no pudo terminar de hablar. Sin darse cuenta, los aminoácidos se habían ido acercando a un precipicio. En ese momento, nuestros cuatro amigos resbalaron. Los aminoácidos empezaron a caer sin que nada ni nadie pudiera detenerlos.

# CAPÍTULO XVIII
## La comunicación del Cuerpo Humano

A pesar de su aturdimiento, Triptofanito se dio cuenta de que él y sus compañeros estaban cayendo por un estrecho conducto. Las paredes del conducto eran de un material duro, como hueso. Esto hacía más dolorosa la caída, pues los aminoácidos se golpeaban continuamente contra ellas.

Finalmente, nuestros amigos llegaron al final del conducto. Una vez ahí, se levantaron pesadamente. Después de recuperarse de la sorpresa, los aminoácidos notaron que la caída los había sacado del Cráneo. Pero además vieron algo sorprendente: hacia arriba se levantaba lo que parecía ser el tronco de un árbol.

Al igual que muchos de nuestros amigos lectores, los aminoácidos gustaban de trepar por los árboles. Fue así como, olvidando la pena y el dolor de la caída, los aminoácidos empezaron a subir por aquel alto y delgado tronco. El ascenso no resultaba muy difícil, pues a cada trecho emergían del tronco ramas que servían de apoyo a los aminoácidos.

Mientras trepaban alegres, nuestros héroes oyeron, de súbito, un sonido muy peculiar, parecido al de una risa fina y traviesa.

—¡Ji, ji, ji! —escucharon los aminoácidos sorprendidos.

—¿Quién puede estar riéndose aquí? —preguntó Lisina con alarma.

—¡Ji, ji, ji! —volvió a oírse la risa.

—¡Aguarden! —exclamó Triptofanito mientras escuchaba atento—. Me parece que la risa proviene del tronco.

—¡Pero quién ha visto reír a un tronco! —protestó Glutamito.

—¿Cómo que un tronco? ¡Esta es la Médula Espinal! —se oyó decir a una voz.

Los aminoácidos bajaron la vista y observaron que estaban parados encima de una célula. Esta célula tenía forma de estrella y de su cuerpo partían unos cables muy semejantes a los que habían visto en el Hipotálamo.

—¡Ji, ji, ji! ¡Me hacen cosquillas! —exclamó la célula.

—¡Oh, perdónanos! —dijo Triptofanito mientras se hacía a un lado—. Pero, dinos, ¿qué es la Médula Espinal?

Ya liberada de las cosquillas, la célula pudo responder con ánimos:

—Se encuentran ustedes en la otra división del Sistema Nervioso. Esta parte del Sistema Nervioso se llama Sistema Nervioso Central. Pues bien, la Médula Espinal es uno de los condados del Sistema Nervioso Central.

Al oír esto, Lisina afirmó con el entusiasmo de alguien que ha hecho un descubrimiento.

—¡Entonces, tú eres una Neurona!

—¡Claro! —exclamó alegremente la célula—. ¿Acaso no ven mi forma? Todas las Neuronas estamos constituidas por dos partes: un cuerpo y unas prolongaciones que salen de nuestro cuerpo. Estas prolongaciones se llaman fibras nerviosas.

—¿Y para qué necesitan esa forma tan especial? —preguntó Aspartito.

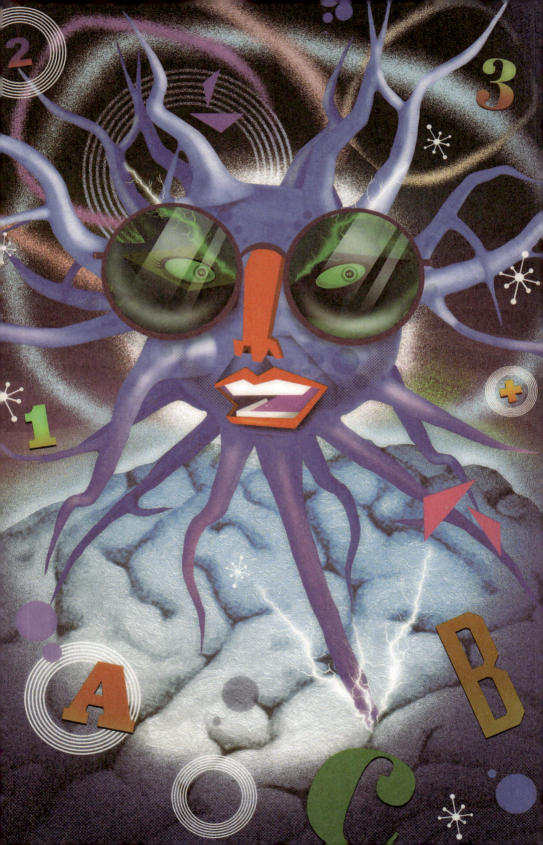

La Neurona respondió rápidamente:

—A eso voy: el Sistema Nervioso es quizás la organización más maravillosa del Cuerpo Humano. ¿Y saben por qué? Simplemente porque el Sistema Nervioso es el encargado de coordinar todo cuanto ocurre en el organismo. Gracias al Sistema Nervioso el Cuerpo Humano vive en armonía. Para poder coordinar, el Sistema Nervioso tiene que llegar hasta el último rincón del Cuerpo Humano. Por esta razón, las Neuronas tenemos prolongaciones que nos permiten llegar a todo el organismo. Las fibras nerviosas son como las líneas telefónicas de nuestro reino. El Cuerpo Humano se encuentra comunicado a través de ellas. La célula hizo una pausa. Casi adivinando el pensamiento de los aminoácidos, continuó:

—Ustedes se preguntarán: ¿no sería más fácil que las Neuronas estuvieran diseminadas por todo el organismo? La respuesta es muy sencilla. Las Neuronas tienen que estar lo más juntas posibles para actuar coordinadamente. Si cada Neurona estuviera por su lado haciendo lo que quisiera, el Sistema Nervioso no ayudaría sino entorpecería al Cuerpo Humano. Por este motivo, los cuerpos de las Neuronas se han reunido. Ustedes saben que dos cabezas juntas piensan mejor que una. Pues bien, los cuerpos de las Neuronas son como un consejo de sabios. En ellos se recibe la información de lo que pasa dentro y fuera del Cuerpo Humano. Los cuerpos de las Neuronas analizan esta información y deciden lo que hay que hacer. Después, mandan una orden a cierto condado del Cuerpo Humano para que dicho condado actúe según lo que más convenga al Cuerpo Humano. Esta orden se envía en forma de un "telefonazo" a través de las fibras nerviosas.

Después de una breve pausa, la célula prosiguió:

—Por lo que veo, ustedes ya han oído hablar del Sistema Nervioso Vegetativo. Este Sistema tiene su propia red telefónica de fibras nerviosas. Estas fibras llegan sobre todo a los órganos internos del cuerpo, es decir, a los Músculos Lisos de las Vísceras, al Músculo del Corazón y a las glándulas exocrinas. En esta forma, las Neuronas del Sistema Nervioso Vegetativo controlan lo que ocurre *dentro* del Cuerpo Humano.

"Pero sucede que el rey del Cuerpo Humano vive rodeado de objetos externos: gallinas, vacas, árboles, instrumentos, juguetes, personas. Además, en el exterior hay muchos estímulos como luz, sonido, calor, frío, etc. Todos estos estímulos actúan sobre el granjero. El rey del Cuerpo Humano tiene que enterarse de estos estímulos. El granjero tiene que ver, oír, tocar, saborear y oler. Sólo así el granjero puede saber dónde se encuentra, qué está comiendo, qué tiene en sus manos, qué está mirando, etc. Además, el granjero tiene que ser capaz de responder a los estímulos. Si el granjero pone la mano en un objeto caliente, tiene que sentir primero que se está quemando y después tiene que poder retirar la mano. Si el granjero se ha llevado un alimento descompuesto a la boca, primero tiene que probar el sabor desagradable y después debe ser capaz de escupir el alimento para que no le haga daño. Si el granjero quiere evitar ser cornado por un toro, lo primero que debe hacer es ver al toro; después, en respuesta a este estímulo, el granjero tiene que correr. Y lo mismo ocurre para las cosas agradables. Si el granjero quiere jugar futbol, antes que nada debe poder ver la pelota, oír las indicaciones de sus compañeros de equipo, darse cuenta de dónde está la portería, etcétera. El granjero puede entonces responder a estos estímulos y anotar un tanto.

"Para hacer cualquier cosa —ya sea trabajar, jugar, divertirse o defenderse de los peligros, el granjero tiene que seguir el mismo camino: primero debe darse cuenta de lo que pasa en el exterior y después tiene que ser capaz de actuar, de moverse, de responder.

"Todo esto podrá parecerles demasiado obvio —continuó la Neurona—. Sin embargo, ésta es la base de la vida del hombre. De nada serviría que el Cuerpo Humano funcionara perfectamente por dentro si no pudiera enterarse de lo que pasa afuera y actuar de acuerdo con ello. De nada serviría que el hombre tuviera un Estómago perfecto si no pudiera conocer el sabor y las propiedades de los alimentos. De nada le serviría poseer un Corazón maravilloso que impulsara su sangre si no pudiera moverse. De nada serviría tener tantas células comiendo, respirando, creciendo y viviendo si el hombre no fuera capaz de trabajar, de correr, de jugar, en una palabra, de vivir. Pues todo esto es la función del Sistema Nervioso Central. El Sistema Nervioso Central le da sentido a la vida.

"Este Sistema tiene precisamente las dos funciones que les acabo de explicar. Primero, el Sistema Nervioso Central recibe los estímulos del exterior Esto se logra mediante los Órganos de los Sentidos, como son los Ojos, la Nariz, la Boca, el Oído y las terminaciones nerviosas de la Piel. Los Órganos de los Sentidos son los primeros en ponerse en contacto con el estímulo. Ellos se encuentran unidos a fibras nerviosas. Estos Órganos convierten el estímulo —que pudo haber sido de luz, de sonido, de olor, de sabor, de tacto, de frío, de calor o de dolor en una señal de naturaleza eléctrica. La señal eléctrica se llama impulso nervioso. Esta señal viaja por la fibra nerviosa hasta el Sistema Nervioso Central. En el Sistema Nervioso Central la señal eléctrica se descifra. Entonces el Sistema Nervioso Central sabe si el estímulo fue de luz, de tacto, de olor, etc. Con esta información, el Sistema Nervioso Central manda una nueva señal eléctrica, es decir, un nuevo impulso, a través de otras fibras. Las fibras que salen del Sistema Nervioso Central llegan a los Músculos Voluntarios. Al recibir la señal eléctrica, el Músculo se contrae. Y el Cuerpo Humano se mueve. Esto constituye la respuesta del Cuerpo Humano. El Cuerpo Humano responde a través del movimiento. El trabajo, el juego, el lenguaje, la escritura, son todos formas de movimiento y, por lo tanto, de respuesta.

"Por eso les digo que el Sistema Nervioso es el sistema telefónico del Cuerpo Humano. En los teléfonos ocurre lo mismo que en el Sistema Nervioso Central. Cuando una persona marca un número telefónico, el número se transforma en una señal eléctrica. Esta señal viaja por un sistema de cables hasta un conmutador central. Mediante la señal, las operadoras del conmutador saben hacia dónde va dirigida la llamada telefónica. Entonces mandan otra señal eléctrica al teléfono correspondiente. Al llegar ahí, el teléfono "responde" sonando. Volviendo al Cuerpo

Humano, los estímulos son como los números telefónicos. Así como hay diferentes números, también hay diferentes estímulos. Las señales eléctricas en que se transforman los estímulos viajan por los cables telefónicos —que en el caso del Cuerpo Humano son las fibras nerviosas—. En esta forma llegan al Sistema Nervioso Central. El Sistema Nervioso Central es como el conmutador central que recibe todas las llamadas del exterior. De la misma manera como, dependiendo del número marcado, sonará uno u otro teléfono, así también, dependiendo de la naturaleza y el sitio del estímulo, se contraerá uno u otro Músculo. Los teléfonos responden sonando; el Cuerpo Humano responde moviéndose. ¡Gracias al Sistema Nervioso Central el Cuerpo Humano está en continua comunicación con el exterior!

"El Sistema Nervioso Central actúa basado en estos viajes de ida y vuelta: de la parte externa del Cuerpo Humano (o sea, de los órganos de los sentidos) al Sistema Nervioso Central y del Sistema Nervioso Central otra vez a la parte externa del organismo (es decir, a los músculos). Estos viajes de ida y de vuelta se llaman reflejos. Todo el Sistema Nervioso funciona a base de reflejos.

"Para que se produzca un reflejo se necesitan, cuando menos, dos Neuronas. Las fibras nerviosas de una reciben el estímulo. Las fibras de la otra hacen que se produzca la respuesta. El primer tipo de Neurona se llama sensitiva, porque recoge las sensaciones que provienen del exterior del Cuerpo Humano. La otra es la Neurona motora, porque hace que el Cuerpo Humano se mueva, es decir, que responda.

"Aunque bastan dos Neuronas, los reflejos se realizan casi siempre con varias Neuronas sensitivas y motoras. ¿Y saben cómo se comunican estas Neuronas entre sí? Mediante la sinapsis. La sinapsis es la forma de comunicación entre las Neuronas. La sinapsis es muy parecida a una carrera de relevos. En ésta, los corredores no están pegados unos con los otros, sino que se encuentran separados y se van pasando una estafeta. En la sinapsis, las Neuronas tampoco están unidas. Un impulso nervioso parte del cuerpo de una Neurona y viaja por su fibra. Al final de la fibra se encuentra el cuerpo de otra Neurona. Pero el cuerpo de esta segunda Neurona se encuentra separado de la fibra de la primera Neurona. Entonces, para poder pasar el estímulo, la fibra libera en su extremo una sustancia muy especial. Esta sustancia es como una estafeta que lleva el impulso hasta la segunda Neurona. Después, la segunda Neurona transmite el impulso hasta el final de su fibra. Una vez ahí, se libera la misma sustancia, la cual pasa ahora el impulso a una tercera Neurona. En esta forma, las Neuronas se van encadenando hasta que el impulso nervioso llega a su destino final. En esta forma, el Sistema Nervioso sirve al Cuerpo Humano."

Con estas palabras, la célula terminó su elocuente charla.

Los aminoácidos estaban boquiabiertos. Era tal su sorpresa que no habían podido formular pregunta alguna mientras la Neurona hablaba. ¡Nunca se habían imaginado lo maravilloso que es el Sistema Nervioso Central!

Todavía sin salir de su sorpresa, Triptofanito alcanzó a preguntar:

—¿Y dices que todas las maravillas que nos has platicado se realizan en el Sistema Nervioso Central?

—Así es —respondió la Neurona.

Y luego añadió con un tono de modestia:

—Pero el Sistema Nervioso Central está formado por varios condados. La Médula Espinal es el órgano más bajo del Sistema Nervioso Central. Aquí se controlan unos cuantos reflejos simples. Realmente la Médula Espinal es una estación de paso para que las señales entren y salgan del Cerebro. Todo lo que les he dicho sobre el Sistema Nervioso Central se aplica al Cerebro. Sin embargo, en el Cerebro las cosas son fantásticas. ¡Ahí es donde se descifran las señales! ¡Ahí es donde se dan las órdenes más importantes del Cuerpo Humano! ¡Oh, el Cerebro! ¡El Cerebro es el órgano más elevado del Sistema Nervioso Central y de todo el Cuerpo Humano!

—¡Pues indícanos cómo ir al Cerebro, por favor! —exclamó entusiasmado Triptofanito.

—Es muy fácil, amigos —afirmó la célula—. Todo lo que tienen que hacer es seguir subiendo por la Médula Espinal. Al llegar al final de la Médula Espinal ustedes entrarán de nuevo al Cráneo. Lo primero que se encontrarán será el Tallo Cerebral. El Tallo es la continuación de la Médula y está formado por varios condados. Estos condados también son parte del Sistema Nervioso Central. Aquí se controlan, además, varias funciones del Sistema Nervioso Vegetativo. En uno de los condados del Tallo se regula el sueño. Pero, en general, el Tallo Cerebral es la segunda estación de relevo para que los impulsos entren y salgan del Cerebro. Después pasarán por varios condados. Uno de ellos será el Cerebelo, donde se controla el equilibrio. Finalmente llegarán a la parte más importante del Cerebro: la Corteza Cerebral.

—¡Pues iremos hacia allá! —expresó Triptofanito.

En ese momento, Glutamito y Aspartito se acercaron a Triptofanito y a Lisina. Con voz triste les dijeron:

—Antes de que se vayan...

—¿Cómo? —interrumpió Triptofanito adivinando lo que iban a decir—. ¿Acaso ustedes no piensan ir al Cerebro?

—No —respondieron los aminoácidos—. A pesar de lo interesante que promete ser el Cerebro, nosotros hemos visto que la Médula Espinal es un órgano muy importante donde se necesitan aminoácidos. Por ello, hemos decidido sacrificar el resto de nuestro viaje. Así podremos quedarnos aquí y ayudar con nuestro trabajo.

—¡Me da mucha lástima que ustedes no puedan acompañarnos —sollozó Triptofanito—, pero al mismo tiempo me doy cuenta de que sus motivos son muy nobles! Lo único que puedo decirles es que ha sido fabuloso viajar con unos aminoácidos tan estupendos como ustedes. ¡Hasta luego, amigos!

—¡Les deseo que les vaya muy bien! —terció la hermosa Lisina—. ¡Adiós, queridos Glutamito y Aspartito!

Nuestros cuatro amigos se despidieron con un gran abrazo. Glutamito y Aspartito se quedaban. Lisina y Triptofanito continuaban.

Triptofanito y Lisina empezaron a escalar de nuevo por la Médula. Después pasaron el Tallo y el Cerebelo. De pronto, sus ojos se abrieron de emoción: ¡allá arriba se veía el Cerebro!

## CAPÍTULO XIX
### Fin y principio

Así como la Médula Espinal parecía el tronco de un árbol, el Cerebro asemejaba su copa. Y en lo más alto se veía la Corteza Cerebral. Triptofanito y Lisina se dirigieron hacia ahí. Nuestros amigos tenían que caminar con mucho cuidado, pues la Corteza Cerebral estaba cruzada por profundos barrancos. Pero lo más impresionante era que por todos lados surgían luminosos relámpagos. Finalmente, nuestros dos amigos llegaron hasta un profundo precipicio que dividía al Cerebro en dos mitades.

En la orilla del precipicio los estaba esperando una Neurona. Esta Neurona tenía una mirada muy inteligente. De todo su ser resplandecía un halo de sabiduría. Al ver a los aminoácidos la célula exclamó entusiasmada:

—¡Por fin llegaron! Desde que entraron al Cuerpo Humano me enteré de que estaban realizando un viaje por nuestro reino. A partir de entonces los he estado esperando con los brazos abiertos. Ahora permítanme que los lleve a conocer la Corteza Cerebral.

Triptofanito y Lisina se sentían halagados por tan efusiva recepción.

—Antes de que nos enseñes tu condado quisiera preguntarte qué es este profundo precipicio —dijo Lisina.

—Este precipicio divide al Cerebro en dos hemisferios, uno izquierdo y otro derecho.

Al oír esto, Triptofanito afirmó con alegría:

—Yo he oído decir que el hemisferio derecho controla a la mitad izquierda del cuerpo y que el izquierdo regula a la mitad derecha. Por este motivo, el hemisferio izquierdo es dominante en las personas diestras, mientras que el derecho lo es en los zurdos.

—¡Exactamente! —asintió la Neurona con una voz profunda que retumbó por todo el Cerebro—. Veo que son ustedes muy listos, amigos míos. ¡Ahora, síganme!

Mientras caminaban, la Neurona les fue explicando que la Corteza Cerebral estaba dividida en diferentes áreas. En cada una de estas áreas se recibían y analizaban los distintos estímulos y se generaban las respuestas. Después la Neurona los fue llevando por cada área. Fue así como Triptofanito y Lisina conocieron las áreas de la visión, el gusto, la audición, el olfato, el tacto, el dolor, el frío, el calor y todas las sensaciones.

Conocieron además una zona que permitía a la Corteza Cerebral saber en qué posición estaba el Cuerpo Humano. Finalmente, visitaron el área donde se controlaban todos los movimientos del Cuerpo Humano.

—¡Qué interesante! —exclamó Lisina—. Yo no sabía que la Corteza Cerebral estuviera dividida como un mosaico.

Entonces, la Neurona afirmó con su voz profunda e inteligente:

—Tienes razón en lo que dices. Sin embargo, esto sólo es cierto para lo que podríamos llamar las "funciones bajas" de la Corteza Cerebral. Las "funciones bajas", a pesar de ser muy complejas, no tienen comparación con las "funciones elevadas" de la Corteza. Las "funciones elevadas" comprenden a la memoria, el aprendizaje, el lenguaje, la voluntad, la conciencia, el pensamiento y la inteligencia. Estas funciones no están limitadas a un área determinada, sino que se encuentran distribuidas por toda la Corteza Cerebral. Todos esos relámpagos que ustedes ven y que iluminan a la Corteza Cerebral son las ideas que se le están ocurriendo al rey del Cuerpo Humano. Y oigan bien lo que les voy a decir, queridos amigos: las "funciones elevadas" son una de las cosas que distinguen al hombre de los demás animales. Muchos animales tienen estómagos, intestinos, hígados, corazones, pulmones e incluso médulas espinales que se parecen a las de los seres humanos. Sin embargo, ninguno tiene una corteza cerebral que se pueda comparar con la del hombre. A través de los siglos, las cortezas cerebrales de los animales han ido evolucionando hasta que finalmente se ha producido una Corteza Cerebral muy desarrollada: la del hombre. Gracias a la Corteza Cerebral, el hombre puede hablar, recordar, estudiar, aprender, trabajar, jugar, pensar y amar. Gracias a la Corteza Cerebral, el hombre puede hacer poesías, realizar descubrimientos científicos, pintar cuadros y escribir libros. ¡La Corteza Cerebral hace que el hombre sea lo que es! Sin embargo, los hombres han usado muchas veces sus cortezas cerebrales para destruir, para matar, para odiar a sus semejantes. Pero las Neuronas opinamos que el hombre ha sido el ser más privilegiado de la Naturaleza al ser el dueño del órgano más perfecto que haya existido. Por eso las Neuronas de la Corteza Cerebral ya no queremos que se nos utilice para el mal. Las

Neuronas tenemos fe en que algún día el hombre nos empleará solamente para crear, solamente para hacer el bien, solamente para amar.

La Neurona se encontraba profundamente emocionada. Triptofanito y Lisina habían recibido también la gran emoción de sus palabras.

Después de una pausa, la Neurona concluyó:

—Lisina y Triptofanito: ahora debo irme a continuar trabajando en bien del Cuerpo Humano. Pero sepan ustedes que toda la Corteza Cerebral está a su servicio. ¡Siéntanse como en su casa!

—¡Muchas gracias por tu amabilidad y sobre todo por tus enseñanzas! —exclamó Triptofanito.

—¡Hasta luego, querida Neurona! ¡Nos veremos pronto! —agregó Lisina.

Después de despedirse de los dos aminoácidos, la Neurona se retiró. Lisina y Triptofanito se quedaron solos.

# EPÍLOGO

Al cabo de un rato, Triptofanito miró a Lisina y dijo temblando de emoción:

—Hermosa Lisina, creo que ya hemos viajado bastante. Hemos conocido las maravillas del Cuerpo Humano; hemos comprendido la importancia de cada órgano, de cada tejido, de cada célula; hemos visto cómo todas las células de este reino trabajan sin cesar; hemos comprobado que gracias a este trabajo el Cuerpo Humano es un reino armónico, con esos condados tan unidos en un esfuerzo común, con esas carreteras que brindan los Vasos Sanguíneos, con ese transporte que da la Sangre, con esas comunicaciones que establecen las Fibras Nerviosas, con esa limpieza que ofrecen los Riñones, con esa coordinación que proporcionan los Sistemas Endocrino y Nervioso; hemos recibido favores de las células y hemos dado otros a cambio; hemos aprendido; nos hemos divertido; hemos tenido emocionantes aventuras; hemos apreciado en todo su esplendor lo más grandioso de este mundo, la vida; hemos sabido que lo que distingue al hombre de los animales es su capacidad de pensar y de amar.

Al oír estas bellas palabras, Lisina se sintió recorrida por una gran emoción.

—Lisina hermosa —continuó Triptofanito—, yo quiero pedirte que te cases conmigo. Yo deseo que tú y yo vivamos juntos en la Corteza Cerebral para que, con nuestro amor, podamos ayudar a las células a trabajar mejor y a los hombres a ser más felices.

—Triptofanito, a quien haces feliz es a mí. Me siento muy afortunada de haberte conocido, de haber viajado contigo, de haber aprendido contigo, de haber vivido maravillosos momentos contigo. Ahora estoy dispuesta a iniciar una nueva vida a tu lado. Una vida llena de trabajo, de felicidad y de amor.

—Una vida en el Cuerpo Humano.

Aquí dejamos nosotros a Triptofanito y Lisina. Estamos seguros de que ellos podrán llevar a cabo sus hermosos sueños. Pero esta historia no ha terminado aún. Recuerden siempre, amigos lectores, que cada vez que coman estarán llevando a su organismo unos nuevos aminoácidos. Unos aminoácidos que estarán siempre dispuestos a ser sus amigos, siempre dispuestos a entregarles algo, siempre dispuestos a realizar un nuevo viaje por el Cuerpo Humano.

# Mapa del viaje de Triptofanito y sus amigos

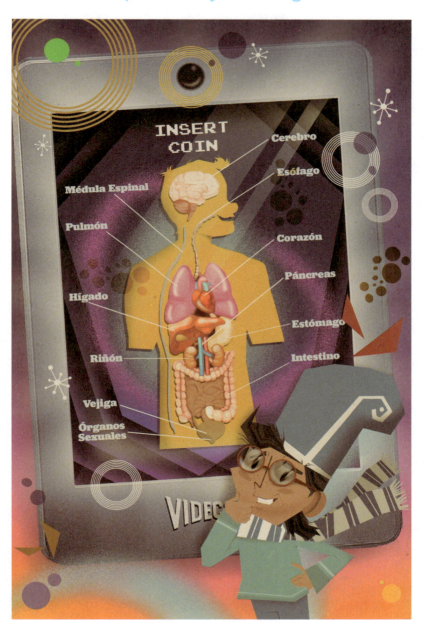

# ÍNDICE

Prólogo ................................................ 6
Capítulo I: El viaje principia ....................10
Capítulo II: Los alimentos platican ...........18
Capítulo III: Peligro en el intestino ...........26
Capítulo IV: El malvado Magueyanes ......33
Capítulo V: Nuevos amigos .....................42
Capítulo VI: El té mágico .........................47
Capítulo VII: Nuevas sorpresas ...............54
Capítulo VIII: Limpieza y respeto .............60
Capítulo IX: El reencuentro .....................65
Capítulo X: El viaje continúa ...................73
Capítulo XI: En la frontera .......................78
Capítulo XII: La gran batalla ....................81
Capítulo XIII: El ejército de los comelones ...............88
Capítulo XIV: Globulino se despide ........94
Capítulo XV: La maravillosa sangre ........98
Capítulo XVI: Entusiasmo por las hormonas .......... 108
Capítulo XVII: El control de los órganos ................ 116
Capítulo XVIII: La comunicación
del Cuerpo Humano ............................. 120
Capítulo XIX: Fin y principio .................. 131
Epílogo ................................................ 136
Mapa del viaje de Triptofanito y sus amigos ............ 139

# EL AUTOR

## Julio Frenk

Es médico, sociólogo, y escritor. Se ha dedicado a la investigación de los problemas de salud pública, al análisis de las políticas sociales y a la divulgación de la ciencia. Fundó el Instituto Nacional de Salud Pública de México. Ha sido secretario de Salud del gobierno mexicano, director de la Facultad de Salud Pública de la Universidad Harvard y rector de la Universidad de Miami.

Impreso en los talleres de Impresora Tauro, S.A. de C.V.
Av. Año de Juárez 343, Col. Granjas San Antonio,
Iztapalapa, C.P. 09070, Ciudad de México
Impreso y hecho en México / *Printed and made in Mexico*